我们专注图书　我们追求精彩

外国文学名著

磨坊信札

[法]阿尔丰斯·都德__著
袁俊生__译

中国画报出版社·北京

图书在版编目（CIP）数据

磨坊信札 /（法）阿尔丰斯·都德著；袁俊生译. --
北京：中国画报出版社，2017.9
（中画译典）
ISBN 978-7-5146-1516-6

Ⅰ. ①磨… Ⅱ. ①阿… ②袁… Ⅲ. ①散文集—法国—近代 Ⅳ. ①I565.64

中国版本图书馆CIP数据核字（2017）第150869号

磨坊信札
[法]阿尔丰斯·都德 著　　袁俊生 译

出 版 人：于九涛
责任编辑：张　轶
责任印制：焦　洋

出版发行：中国画报出版社
地　　址：中国北京市海淀区车公庄西路33号　邮编：100048
发 行 部：010-68469781　010-68414683（传真）
总编室兼传真：010-88417359　版权部：010-88417359

开　　本：32开（880mm×1230mm）
印　　张：6
字　　数：125千字
版　　次：2017年9月第1版　　2017年9月第1次印刷
印　　刷：三河市文通印刷包装有限公司
书　　号：ISBN 978-7-5146-1516-6
定　　价：22.00元

目录

初入磨坊

原来是那些兔子受到了惊吓！……很久以来它们见磨坊的大门总是关着，磨坊内及平台上都长满了杂草，最终以为磨坊的主人早已断了香火，自然觉得这是个极佳的生息之地，便把这磨坊整理成一座大本营，一个战略中心：这儿成了兔子们运筹帷幄的好地方……我来到磨坊的那天晚上，足有二十来只兔子在平台上围坐成一圈，真是一点儿也不夸张，它们借着月光在搓爪子……天窗刚打开一条缝，哧溜一声，这支宿营部队即刻便呈兵败如山倒之势。它们翘着尾巴，露着白白的屁股，向树林里溃逃而去。我真的希望它们能再回来。

还有一个家伙见到我也显得有些惊恐不安，那是一只阴险的老猫头鹰，一副若有所思的样子，它客居在二楼，住在这座磨坊里已有二十多年了。我在楼上的房间里发现了它，它一动不动端端正正地栖息在风车的动力轴上，四周满是泥灰和塌落下来的瓦砾。它瞪着圆圆的眼睛，盯了我一会儿，认不出我是谁，便惊愕地“呜，呜”叫起来，并艰难地抖动那沾满灰尘的灰色翅膀。这帮讨厌的沉思者，竟然从不洗刷自己的羽毛……这倒也无所谓，它那副沉思的样子，眨动的双眼，略带愠色的面容真的讨我喜欢，我喜爱这只不声不响的猫头鹰，远胜于其他寄居者，于是便迫不及待地延长了它的寄居期。它依然像过去一样占据着磨坊的顶层，从屋顶的天窗自由出入。我把楼下的房间留给自己，这是一间四壁用石灰刷白、低矮的拱顶小屋，就像修道院的食堂一样。

我就在这间小屋里给你写信，房门大敞，沐浴在明媚的阳光下。

一片美丽的松树林在阳光下油光闪亮，更显得郁郁葱葱，它从我面前一直延伸到山坡脚下。远在天际的阿尔卑斯山清晰地勾勒出那精美的顶峰……万籁俱寂……只有从远处隐隐约约飘来阵阵短笛声、杓鹬在薰衣草丛中的啾鸣，还有大路上骡队的铃铛声……普罗旺斯省这诗情画意般的景色正是在阳光下才显得生机勃勃。

那么，到如今，你们那嘈杂昏暗的巴黎又有什么值得我惋惜的呢？我在这座磨坊里真是惬意极了！我过去一直在寻找的这座世外桃源真是美极了，它远离尘嚣，远离车马，远离浓雾：它是那么馥郁，那么温馨！……我周围有那么多美妙的事物！我到这儿才来了一个星期，可我的脑海里已填满了种种印象和回忆……对了！就在昨天傍晚时分，我亲眼目睹了羊群返回山脚下农庄的盛况。我发誓！这种壮观的场面在巴黎绝对看不到，你拿这周巴黎上演的所有剧目跟我交换，我都不换给你。你体会体会吧。

应该告诉你，在普罗旺斯，天一热，人们便把牲畜赶进阿尔卑斯山，这已成为一种习惯。牧人和牲畜要在山上待五六个月，风餐露宿，卧在齐腰深的草丛中，到深秋凉意起时，他们便从山上返回农庄，在散发着迷迭香气的灰灰的山岗上，让牲畜尽情地啃吃秋草……昨天傍晚，正是羊群返回家乡的场面。一大早，羊圈的两扇大门就打开了。每间羊舍里都铺上了新鲜的干草。人们不时念叨着："他们这会儿到了埃吉耶尔，现在他们到巴拉杜了。"黄昏时分，突然传来喊声："他们回来了！"只见远处一大群羊在飞扬的尘土中雄纠纠地向前迈进。整条大路似乎都在随着羊群流动……老公羊走在最前面，犄角朝前方刺着，样子十分凶猛；紧随其后的是一大群绵羊，羊妈妈显得有些疲倦，小绵羊寸步不离地跟着母亲；头顶红色绒球的大骡子背驮着筐，里面放着刚刚出生的小羊羔，它们随着骡子的步伐晃来晃去，就像睡在摇篮里；再后面是热得吐着长舌头的牧羊犬；两个高大的牧羊人活像两个调皮鬼，身披深棕色的粗斜纹呢大衣，一直拖到脚后跟，就像披着庆典时穿的长袍一样。

这一大群羊快活地从我们面前经过，拥进羊圈的大门，隆隆的蹄声就像一阵倾盆而下的暴雨……而家中的气氛又是何等的热闹呀。几只身披翠绿羽衣、点缀着金色羽毛的大孔雀，头顶罗纱般的羽冠，栖息在高处，认出久违的羊群，发出号鸣般的叫声来欢迎它们。已进入梦乡的家禽猛然被惊醒了。鸽子、鸭子、火鸡、珠鸡等所有的家禽都站了起来。整个禽棚都沸腾了，母鸡们准备咕咕不停地说上一个晚上！……绵羊身上依然带着阿尔卑斯山的野味芳香，仿佛每只绵羊的绒毛里都裹着高山上充满活力的气息，让它们陶醉、欢舞。

在这一片喧闹声中，羊群返回各自的圈中。没有什么能比回家更可爱。老公羊又见到了食槽而激动不已。所有的小羊羔，所有那些在牧途中降生的羊羔，过去从未见过农庄的模样，看着周围的一切不免有些惊讶。

然而，最让人心动的是那些牧羊犬，这些牧羊人的帮手，追前跑后地紧随着羊群，在农庄里也只看护羊群。在羊未入圈、栅栏门未插、牧羊人未用餐前，不管看家狗在它的窝里怎么呼唤它们，不管装满清澈井水的水桶怎么向它们示意，它们都充耳不闻，视而不见。只待诸事完毕之后，它们才心安理得地回到窝里，一边舔吃盆里的菜汤，一边向农庄里的伙伴们讲述它们在高山上所做的一切，那是一片阴暗的地方，有狼群出没；还有长得高大的紫色的毛地黄，叶上的露珠真是晶莹剔透。

波凯尔的驿车[1]

我到这儿的那一天，乘坐的是波凯尔的驿车，那是一辆老掉牙的简陋的公共马车，每天收车之前也走不了多远的路，可它却沿着大路优哉游哉地走着，一直磨蹭到傍晚，就为做出从很远的地方赶回来的样子。不算车夫，搭车的共有五个人。

一位是卡马尔格的看门人，他个子不高，胖乎乎的，长着一身体毛，倒更像一只野兽，两只大眼充满血丝，耳朵上戴着银耳环。另外两位是波凯尔人：面包师和他的揉面工，两人都是红脸膛，大口地喘着粗气，但他们的侧面倒很英俊，活脱两枚印着维特留斯[2]头像的古罗马勋章。还有一位坐在车前，紧挨着车夫，一个……人，不！倒不如说是一顶帽子，一顶用兔毛制作的大帽子，他一言不发，只是神色忧郁地盯着前面的大路。

这几个人彼此相识，他们无拘无束地高声谈着自己的事。那位卡马尔格人说他刚从尼姆回来，因用长叉扎伤一位牧羊人而受到预审员的传讯。卡马尔格人很容易发火……而波凯尔人

---

[1] 本文最初发表于1868年10月16日的《费加罗报》上。——原注

[2] 维特留斯（15—69），罗马皇帝。

也好不到哪儿去！那两位波凯尔人在谈论圣母时，不正想把对方掐死吗？面包师所在的教区好像很久以来一直信奉那怀里抱着圣婴耶稣的玛利亚，普罗旺斯人称她为“仁慈的圣母”；揉面工则与他相反，在一所新教堂的唱诗班里唱歌，新教堂供奉的是无玷始胎的圣母，画像上的圣母眉清目秀，面露微笑，双臂下垂，双手放出无限的光芒；这正是争论的起因，应该看看这两位虔诚的天主教徒是如何对待对方和他们的圣母的：

“你那无玷始胎圣母真够漂亮的！”

“你和你那‘仁慈的圣母’见鬼去吧！”

“在巴勒斯坦，你那圣母行为可不怎么端正！”

“嘿！瞧瞧你那丑陋的圣母吧！谁知道她都干了些什么……还是去问问圣约瑟吧。”

为了让对方信服他们曾到过那不勒斯港，两人差点动了刀子。说真的，要不是车夫出面干预，我觉得这场有关神学的争论真得靠武力来收场了。

“别拿你们的圣母来烦我们了。”车夫笑着对波凯尔人说，“这都是女人的事，男人根本就不该跟着瞎掺和。”

说着，他甩了一个响鞭，脸上露出一丝不信教的神色，让大家都默认了他的主张。

争论到底是结束了，可面包师正在兴头上，不把他自己那点激情宣泄出去，他是不甘罢休的。他朝那位戴帽子的人转过身去，这人可怜巴巴地缩在驿车的一角里，神情忧郁，默默不语，面包师用一种挖苦人的语气对他说：

“喂！磨刀匠，你媳妇呢？……她倾向于哪个堂区呢？”

看来这句话肯定有非常滑稽的隐意，因为整车人都哄堂大笑起来……可磨刀匠却没有笑，他似乎什么也没听见。见此情景，面包师又转身对我说：

“先生，您不认识她媳妇吧？那可是一个怪女人！在波凯尔找不出第二个像她那样的女人。”

又是一阵哄堂大笑，磨刀匠一动不动，连头也不抬，只是低声说道：

“面包师，住嘴吧。”

但这该死的面包师根本不想闭嘴，而且说得更起劲了：

“蠢猪！咱们的伙伴才不会抱怨娶这么个女人呢，跟她在一起，任何烦恼都不会有……您想想，每隔半年就被人拐走一次的美人，她回来的时候，不总得有好多新鲜事要对您说吗……不管怎样，这可是奇怪的小两口……先生，您想想，他们结婚还不到一年，嘿！这女人就跟着一个卖巧克力的跑到西班牙去了。

“丈夫被孤零零地甩在家里，哭闹、酗酒……他像疯了似的。过了一段时间，美人回来了，身着西班牙服装，还带回一只小铃鼓。大家都对她说：‘快躲起来吧，他会杀死你的。’

“要杀她，哼！没那么回事，他们又相安无事地生活在一起了，她还教他敲巴斯克鼓呢。”

车上的人再次哄然大笑起来。磨刀匠待在角落里，依然未抬头，口中喃喃道：

“面包师，别说了。”

面包师就像没听见一样，接着往下说：

“先生，您大概认为，美人从西班牙回来就该安分守己了吧……咳，别提了，她丈夫可真沉得住气！她又想和别人私奔了。跟西班牙人跑了之后，又换成了军官，接下来是罗讷河上的一名船员，再后来是名乐师，再往后……谁知道会是什么人？奇妙的是，每次都像是一场闹剧。媳妇私奔了，丈夫大吵大闹；她回来了，他也就安心了。可总有人把她拐走，他又总能把她拢回到身边……您觉得这丈夫是不是特有耐心！坦率地讲，这位娇小的磨刀匠夫人长得确实漂亮……就像一只红雀：活泼，娇美，身材匀称；这还不够味，她那白皙的皮肤，浅褐色的双眼，总是微笑着瞅着男人……真的，巴黎人，您哪天要是经过波凯尔……”

“喂！面包师，你住嘴吧，求你了……”可怜的磨刀匠用凄切的语调再次哀求道。

就在这时，驿车停了下来。我们到了昂格洛尔家的农庄。那两位波凯尔人就在这儿下车，我发誓绝不想留住他们……那个面包师可真会戏弄人！他已走进了农庄大院，可他那笑声却还未停下来。

那两个家伙下车后，车内就像空了一样。卡马尔格人在阿尔勒下了车，车夫也下了车，与驿车并肩走在大路上……车上只剩下我和磨刀匠，我们各守一方，相对无言。天气很热，皮制的车篷顶被烤得火烫。我不时觉得双眼睁不开，头也变得沉重起来，可就是睡不着。“住嘴吧，我求你了。”这如此悲伤、如此温和的呼唤始终在我耳边回荡……

他也一样，可怜的人！他也睡不着。向他的背影望去，我见他那宽阔的双肩在抽搐，他的手，一只苍白而又笨拙的手，扶在椅背上颤抖着，倒更像一只老人的手。他在哭泣……

“巴黎人，您到了！”车夫突然冲我喊了一声，他用鞭子将那座绿色的山岗指给我，伫立在山岗上的磨坊风车就像一只巨大的蝴蝶。

我赶紧下车。从磨刀匠身边经过时，我竭力往那顶大帽子下面瞧，真想在离去之前看清他的面孔。这个倒霉蛋似乎猜透了我的心思，猛然抬起头，两眼直盯盯地瞧着我。

“朋友，您仔细瞧瞧我。”他用低沉的嗓音对我说，“将来哪天在波凯尔出了事，您可以说知道这事是谁干的。”

这是一张阴沉忧郁的面孔，一双不大的眼睛显得十分憔悴，眼中噙着泪花，但在他那低沉的嗓音中却充满了仇恨。仇恨正是弱者发怒的表示！……我要是磨刀匠的媳妇，一定会提防着……

高尔尼师傅的秘密[1]

弗朗塞·玛玛伊，一位吹短笛的老艺人，不时到我家来闲坐聊天。一天晚上，他一边喝着烧酒，一边向我讲述了发生在这一带的一场小悲剧，我这磨坊20年前还是这场悲剧的见证人呢。这位老好人的故事让我感慨万分，我试着把这个故事原原本本地讲给你们听。

亲爱的读者，您想想看，坐在一壶醇厚、香馥的美酒前，聆听饱经风霜的短笛老艺人讲故事该多么惬意。

先生，我们这个地区过去可不像现在这么死气沉沉、毫无生气。那会儿，这里的面粉生意极红火，方圆几十里的村民都把麦子送到这里磨成面粉……村子四周的山岗上到处都是磨坊的风车，不管朝哪个方向望，抬眼便能看见风车的叶翼在松树林上方随风旋转；一列接一列小驴队驮着口袋沿山间小路上上下下；平日每天都能听到山岗上传来的鞭子声，叶翼上帆布的撕裂声，还有磨坊帮工的劳动号子声。听着这热闹的声响，真是一种享受……一到星期天，我们便成群结队来到磨坊。山岗

[1]　本文最初发表于1866年10月20日的《事件报》上。——原注

上的磨坊主们拿出白葡萄酒来款待我们，磨坊主妇们个个都长得十分漂亮，像高贵的皇后一样，那镶着花边的包头巾和纯金的十字架首饰使她们更加楚楚动人。我随身带着短笛，大家跳起了法朗多拉舞，一直跳到深夜。您瞧，这些磨坊给我们这个地区带来了欢乐和财富。

不幸的是，巴黎来的法国人却打算在达拉斯贡大路旁建一座蒸汽动力的面粉厂。新东西总是好的嘛。人们开始习惯把麦子送到面粉厂去，风力磨坊也就没活干了。有一段时间，风力磨坊还试图与面粉厂一决雌雄，但蒸汽的力量太强大了。说来可怜呀！所有的磨坊先后都被挤垮了……再也看不见那些小驴队了……漂亮的磨坊主妇们卖掉了她们的金十字首饰……白葡萄酒喝不着了！法朗多拉舞也没法跳了！西北风依然呼呼地刮着，可风车的叶翼却再也转不起来了……后来，有那么一天，镇政府下令拆除那些破磨坊，在原地种上了葡萄和橄榄树。

然而，在这场劫难之中，只有一间磨坊傲然挺立，在面粉厂的眼皮底下，在小山岗上继续顽强地转动着。这就是高尔尼师傅的磨坊，正是此时此刻我们在此聊天的这间磨坊。

高尔尼师傅是个老磨工，干磨面粉这个行当已经六十年了，对他当时所处的境况气恼得要命。一家接一家的蒸汽面粉厂开了张，简直把他气疯了。一周之内，他便跑遍了整个村子，把大家伙儿都聚集在自己周围，鼓足了劲冲大家喊，称有人要用面粉厂磨出的面来毒害普罗旺斯人："都别到那儿去磨面，那帮强盗，居然要用蒸汽做面包，蒸汽是什么，那是魔鬼发明的东西；而我呢，是靠西北风和北风磨面，那可是仁慈的上帝吹的气呀……”类似这种称颂风力磨坊的话，他还能编出许多来，但没有人肯听他的。

这可把老汉气坏了，他把自己关在磨坊里离群索居，就像一头不合群的困兽。他甚至不愿意将孙女维瓦特留在身边，这孩子才十五岁，自从她父母去世后，在这个世界上爷爷就是她唯一的亲人了。可怜的小姑娘迫于无奈只得自己谋生，到各处的农庄去打工，收割、养蚕、采摘橄榄，什么农活都干。可她祖父看上去确实十分疼爱她，他常常顶着烈日，徒步走上十几里路到她干活的农庄去看她；待来到她身边时，他一边看着她，一边落泪，不惜待上几个小时瞧着她……

在这个地区，大家认为老磨工是出于吝啬才把孙女打发走的，让他孙女到一个接一个的农庄里去卖苦力，还要受农庄主的欺辱，饱受打工妹的种种苦难，这无非使老汉丢尽了脸面。更让人无法接受的是，像高尔尼师傅这么有名望的人，过去一直受人尊敬，可现在居然赤着脚，戴着破帽子，腰束一条烂腰带，在大街上到处闲逛，倒像个吉卜赛人……说真的，一到星期天，见他那副模样进教堂做弥撒，我们这些老伙伴都为他感到脸红，高尔尼自己也感觉到了，从此也就不敢再坐到堂区管委的专座上了。他总是坐在教堂的最后边，靠近圣水缸，和穷人们在一起。

在高尔尼师傅的生活里，有件事总让人琢磨不透，村子里已经很长时间没人给他送麦子磨了，可他那磨坊的风车依然像往常一样旋转着。傍晚时分，人们总能在山间小路上碰到老磨工，他正赶着驴运面粉呢。

“晚上好，高尔尼师傅！”农民们和他打着招呼，“磨坊的生意还那么好？”

“是的，孩子们，”老汉快活地答道，“感谢上帝，我这儿还不缺活干。”

这时，要是有人问他从什么鬼地方揽来这么多活，他便将手指放在嘴唇上，一本正经地答道：“别声张！我这是在给出口加工呢……”除此之外，人们再也甭想套出更多的话。

你要想迈进他的磨坊，趁早死了那份心吧，就连小维瓦特都进不去……

人们从他的磨坊前经过时，那大门总是紧闭着，而风车那巨大的叶翼总在不停地转着，那头老驴啃着平地上的青草，一只瘦骨嶙峋的大猫在窗台上晒太阳，用恶狠狠的目光盯着你。

这一切看来极为神秘，也引来说三道四的闲话。每个人都按照自己的方式去解释高尔尼师傅的秘密，但比较一致的说法是在这座磨坊里，装钱的口袋要比装面粉的口袋多。

然而，久而久之，真相便大白于天下，事情是这样的：

我常常用短笛为年轻人跳舞伴奏，在一个风和日丽的日子里，我吹笛伴奏时，发现我的大儿子和小维瓦特相爱了。其实我对此真的不生气，不管怎么说，高尔尼的名字在我们这儿还是受人尊敬的，况且，见维瓦特这只美丽的小鸟在我家蹦来蹦去的，也让我喜在心头。只是这两位恋人常有机会在一起，我担心会出事，便想把这事赶紧定下来。于是，我就来到磨坊，找她爷爷商量一下……咳！这个老能人！你瞧他是怎么接待我的呀！根本就没法让他打开大门，透过锁孔，我勉强对他说明了来意，就在我说话时，那只调皮的瘦猫一直在我头顶上呼噜呼噜地喘着粗气，活像一个恶魔。

老汉不容我把话说完，就粗鲁地冲我大喊大叫，让我趁早回家吹笛子去；还说，要是我急着给儿子娶媳妇，完全可以在面粉厂的女工里给他挑一个……您想想，听了这恶语我是多么恼怒啊，可我毕竟知天命，硬把火气压了下去，后来我就回去了，把这老疯子一人甩在磨坊里。回到家，我把遭遇讲给孩子们听，这两个可怜的孝子根本不相信这是真的，他们请我恩准他们俩一起再到磨坊去和祖父说一说，我没有勇气拒绝他们，两位恋人抬腿就走了。

当他们赶到山上时，高尔尼师傅刚刚出去，大门上了锁，可这老好人走时却把梯子留在磨坊外面，孩子们见此，马上生出一念：从窗户钻进去，看看这座神秘的磨坊到底在搞什么名堂……

真是怪事一桩！石磨的磨腔竟是空的……磨坊里没有口袋，没有一粒麦子，墙壁上、蜘蛛网上连一丝一毫的面粉都没有，甚至闻不到磨面粉时散发出的那暖暖的香味……风车的传动轴上落满了灰尘，那只大瘦猫正卧在上面睡觉呢。

楼下的那间房同样显得非常凄惨和荒凉：一张简陋的破床，几件破烂衣服，一块面包扔在楼梯上，屋角处堆着三四只破口袋，从破口袋处散落石灰渣和白灰。

这就是高尔尼师傅的秘密！为了捍卫磨坊的声誉，让人以为磨坊一直在磨面，他每天傍晚在山间小路上运来运去的竟然是一堆石灰渣子！……可怜的磨坊！可怜的高尔尼！面粉厂从他手里夺走最后一笔生意已经很久了，风车依然在旋转，但磨盘却在空转。

孩子们眼泪汪汪地回来向我讲述了他们所见的一切。听着他们的话，我的心如刀剜一般……我片刻不耽搁，马上跑去找左邻右舍，将事情的原委简短地讲给他们听，大家商量好，必须立即将各家所有的存麦子全部送到高尔尼的磨坊里……说干就干，全村人都上了路，我们赶着一支浩浩荡荡的驴队来到山上，驴背上都驮着麦子，这可是真正的麦子！

磨坊的门大敞……高尔尼师傅坐在门前一只装着石灰渣土的口袋上，正抱头痛哭。他刚刚进家门，发觉有人趁他不在家时进了磨坊，戳穿了他这可悲的秘密。

“我好可怜啊！”他说，“现在我只有去死了……磨坊这回可丢脸了。”

他撕心裂肺地哭着，用各种名称呼唤着他的磨坊，就像在和一个活生生的人说话似的。

就在这时，驮着麦子的驴队来到磨坊前的平台处，我们大家一齐使劲地喊着，就像当初磨坊生意红火时那样：“喂！磨面的！……喂！高尔尼师傅！”

喊话间，一袋袋的麦子便堆放在门前，黄澄澄的麦粒撒在地上，撒在四处……

高尔尼师傅瞪大了双眼，一把将麦子抓在他那饱经沧桑的手中，破涕为笑，说道：“真是麦子呀！……上帝呀！……好麦子呵！让我好好瞧瞧。”

然后他转身对我说：“我就知道你们会来的……面粉厂商

都是窃贼。”我们想把他抬进村里去庆贺一番，他却说：

“不，不，孩子们，我得先喂喂我的磨盘，你们想想看，这磨盘可有多长时间没进食了！”

见这可怜的老汉左右奔忙，我们人人眼里都噙着泪花；他解开口袋，目不转睛地盯着磨盘。麦粒磨碎了，极细的粉屑纷纷扬扬地向顶棚飞去。

我们大家都问心无愧，因为从这一天起，我们从未让老磨工断过活干。后来，有一天早晨，高尔尼师傅去世了，我们这儿最后一座风力磨坊的风车停止了转动，从此就再也转不起来了……高尔尼走了，没有人接任他的工作。先生，这有什么办法呢！在这个世界上，没有不散的宴席，应当相信风力磨坊的时代已一去不复返了，就像罗讷河上的拖船、大花礼服以及大革命前的最高法院一样，永远地消失了。

塞甘先生的山羊[1]

——致巴黎抒情诗人皮埃尔·格兰古瓦

可怜的格兰古瓦，你永远是老样子！

怎么！人家在巴黎某大报社给你一个专栏编辑的职位，可你竟断然拒绝了……倒霉的小伙子，还是看看你那副模样吧！瞧你这件褴褛的衣衫，这条提不起来的裤子，还有你那张饿得无精打采的瘦脸。然而你这副惨相不正是追求完美的诗韵所造成的吗？你为阿波罗勋爵忠心耿耿地服务了十年，结果也就如此吧……时至今日，难道你不觉得羞辱吗？

还是当个专栏编辑吧，你这蠢货！就当专栏编辑！你会挣到漂亮的金币，可以到布雷邦饭店美餐一顿，你还能头戴新羽饰的方帽去参加首演仪式。

不？你不愿意？你打算自由自在、随心所欲地混一辈子……那么，好吧，等听完了《塞甘先生的山羊》这个故事，你就会明白自由自在地生活将会付出何种代价。

塞甘先生与他养的山羊从未交过好运。

[1] 本文最初发表于1866年9月14日的《事件报》上。——原注

他所养的山羊先后都丢掉了，丢羊的方式未曾变化过：一个朝霞满天的清晨，它们挣脱了绳索，逃进山里，被山上的狼吃掉了。主人的爱抚、对狼的恐惧都不能使它们留在家里。似乎这是一群闹独立的山羊，为获取更大的空间和自由而不惜付出任何代价。

厚道的塞甘先生丝毫不理解这群动物的特性，山羊丢了让他感到很沮丧，他说：

“这回算完了，山羊在我家里都待烦了，我连一只羊都留不住。”

然而，他并没有灰心，在六只山羊先后挣脱绳索逃到山里后，他又买来了第七只山羊，不过这次他精心挑选了一只幼小的羊羔，好让它从小适应圈养的生活。

呵！格兰古瓦，塞甘先生的这只小山羊真是漂亮！它有一双温柔的眼睛，长着一绺士官生式的胡子，小蹄子又黑又亮，犄角上点缀着条条斑纹，全身披满了长长的白绒毛，就像穿着长袍一样！它几乎和艾斯米拉达[1]的小山羊一样可爱，格兰古瓦，那只小山羊你还记得吧？此外，它温驯、亲和，乖乖地让你挤奶，一动也不动，从不把蹄子放进奶盆里。真是一只招人喜爱的小山羊……

塞甘先生的屋后有一片园子，四周种着山楂树。他把新买的小山羊安顿在这片园子里，在草坪最漂亮的地方立一根木桩，把它拴在桩上，但特意把绳索放长一些，还不时来园子里

[1] 雨果的《巴黎圣母院》一书中的女主人公。

看看它。小山羊感到很快乐，开心地啃着青草，这让塞甘先生欣喜不已。

“到底有这么一只，待在我家里不觉得厌烦！”这位可怜的先生暗自思忖着。

可是他错了，小山羊已经感到厌烦了。

一天，小山羊望着大山，自言自语道：

“要是到高山上去，那该多好呀！要是脖子上不套着这根该死的绳索，自由自在地在灌木丛中蹦来跳去，该多么惬意呀！……驴呀，牛呀，在园子里啃啃青草倒还不错，可山羊就需要更开阔的地方。”

从此时此刻起，园子里的青草变得平淡无味，厌烦感也接踵而至。它瘦了，奶也少了，整天都在挣拽绳索，头朝着高山的方向，张大鼻孔，发出“咩咩”凄惨的叫声，看到这一切，让人不禁生出恻隐之心。

塞甘先生渐渐察觉出这只山羊有些反常，可他却不知到底出了什么事……一天早晨，他给它挤完奶，山羊便转过身，用它的方言对他说：

“塞甘先生，您听好，在您家里我烦闷极了，放我到山里去吧。”

“啊！我的上帝！它也要走！”塞甘先生大惊失色，不禁脱口喊道，手中的奶盆一下子掉在地上，随后便挨着山羊坐在地上：

“怎么回事，布朗盖特，你想离开我！”

布朗盖特答道：

“是的，塞甘先生。”

“这儿的草不够吃吗？”

“噢，不！塞甘先生。”

“你脖子上的绳索大概太短了，你想要我给你放长点吗？”

“不必了，塞甘先生。”

“那么，你想要什么？你想怎么样？”

“我想到山里去，塞甘先生。”

“可是，可怜的小家伙，山里有狼，你又不是不知道……要是狼来了，你怎么办？……”

“我用犄角顶它，塞甘先生。”

狼才不在乎你那犄角呢。过去我养的那几只母山羊，它们的犄角比你的大多了，可照样被狼吃了。去年在这儿的那只可怜的老雷诺德，难道你真不知道？那只羊真是棒极了，它强壮、凶狠，更像一只公山羊。它和狼搏斗了整整一夜……可第二天清晨，狼还是把它吃了。”

“真可怜！不幸的雷诺德！……不过，没关系，塞甘先生，您还是放我到山里去吧。”

“仁慈的主呀！……”塞甘先生感叹道，“难道有人给我的山羊下了咒？又一只山羊将入狼口……这可不行……调皮鬼，不管你愿不愿意，我都要救你！我才不怕你挣断绳索呢。这回我把你关到圈棚里，让你在棚子里一直待下去。”

说罢，塞甘先生把小山羊带进一间漆黑的棚子里，还把门上了锁。不幸的是他忘了关窗户，待他刚一扭身，小山羊便逃走了……

格兰古瓦，现在你高兴了吧？当然，我也这么认为，你会站在山羊这一边，同善良的塞甘先生作对……过一会儿，看你是否还高兴得起来，我们拭目以待。

白山羊逃到山里时，引来山中众物的阵阵欣喜。老松树从未见过这么漂亮的动物。大家像迎接小皇后那样接待它。栗树纷纷弯下腰，用枝梢轻轻地抚摩它。它所经之处，金雀花绽开黄色的花朵，尽其所能散发出浓浓的香气，整座大山都在热烈地欢迎它。

格兰古瓦，你想想看，我们的山羊该多么快乐呀！脖子上的绳索没有了，地上的木桩也没有了，再也没有任何东西能妨碍它尽情地跳跃，妨碍它随意吃草了。这山上才称得上是真正的草场呢！茂草深至它的犄角！……多么鲜嫩的草呀！美味可口，草质精良，此起彼伏；草场上竟有千余种各类不同的植物……园子里那块草地可真没法比，况且这儿还有五颜六色的鲜花呢！有高大的蓝色风铃草；有紫红色的长萼毛地黄；还有那一望无际的野花正溢出沁人心脾的汁液！……

沉浸在大自然美景之中的白山羊，四脚朝天在草地上打起滚来，并且沿着山坡一直滚下去，浑身粘满了落叶和落在地上的栗子……

后来，它猛然站了起来。嘿！它低着头朝前跑去，穿过丛林和荆棘，时而跃上山崖，时而冲向涧底，上攀下落，到处奔跑……仿佛这大山里有十只塞甘先生的山羊。

布朗盖特真是什么也不怕。

碰到湍湍的激流时，它便纵身跃过去。激流抛在空中的水珠和摔在岩石上掀起的泡沫溅在它身上。于是它便带着这身水迹，躺在平坦的岩石上晒起了太阳……一次，它嘴里叼着金雀花，来到一块高地的边缘，向山下望去，瞥见山下平原处塞甘先生的房屋和屋后的园子。这让它大笑不止，都笑出了眼泪。

“那地方真是太小了！”它说，“那里怎么能容得下我呢？”

可怜的小家伙！见自己站得这么高，便自以为至少和世界一样大了……

总之，对塞甘先生的山羊而言，这的确是美好的一天。它左跑跑，右蹦蹦，中午时分，它碰到一群岩羚羊，它们正贪婪地吃着野葡萄藤。我们这位身披白袍的奔波者在岩羚羊群中引起了骚动。羚羊们把吃食的最佳位置让给了它。羚羊先生们都向它大献殷勤……有一只黑色的小羚羊似乎甚至赢得布朗盖特的好感。格兰古瓦，这事可是咱俩之间的秘密。这对情侣还在树林中消失了一两个时辰，你想要知道它们俩到底说了些什么，就去问问那饶舌的泉水吧，它正在青苔下静静地淌着呢。

顷刻间，山风骤然凉爽起来。山峰也呈暗紫色，夜幕降临了。

“天已黑了！”小山羊说，它不无惊诧地停住了脚步。

山下的田野淹没在薄薄的雾气之中，塞甘先生的园子已消失在雾霭里，只能看见那间小屋的屋顶，看见从屋顶上冒出的缕缕炊烟。人们赶着羊群回家的阵阵铃铛声传入它的耳中，它内心感到无比凄凉。一只归巢的大隼飞过时，翅膀从它身边轻轻掠过。它战栗起来……紧接着山上传来一声嗥叫：

“呜！呜！”

它想到了狼。整个白天，这只小疯羊都没去想它……与此同时，远处山谷里响起了喇叭声。这是善良的塞甘先生在作最后的努力。

“呜！呜！……”狼在嚎叫。

“回来吧！回来吧！……”喇叭在呼唤。

布朗盖特真想回去，可一想起木桩、绳索、园子的篱笆，它思忖着现在再也无法容忍过去那种生活了，最好还是留在山上。

喇叭不再响了……

山羊听见背后有树叶瑟瑟的响声。它转过身，在夜色中看见两只竖得笔直的短耳朵，看见一双幽幽闪亮的眼睛。这正是狼。

好大的一只狼，一动不动地坐在那里，贪婪地打量着小白山羊，体味着将要到嘴的美味。狼相信迟早会把小羊吃掉，因此它不急于动手，只是当山羊转过身去时，它才不怀好意地笑起来：

“哈！哈！塞甘先生的小山羊。”说着狼用它那条红色的大舌头舔了舔火绒般的嘴唇。

布朗盖特感到有些茫然不知所措……一瞬间，它想起了老雷诺德的故事，那只老羊与狼搏斗了整整一夜，只是到了第二天凌晨才被狼吃掉。它寻思着大概最好立即就让狼吃掉，接着它又改变了主意，摆出一副防卫的架式，低着头，将犄角向前顶着，就像塞甘先生那勇敢的山羊所做的那样……它并不奢望能杀死恶狼，山羊是杀不死狼的，它只不过想试试看能否像雷诺德一样，与狼周旋那么长时间。

这时，那个魔鬼向小山羊步步逼近，山羊的犄角顿时舞动起来。啊！勇敢的小山羊，它心甘情愿与狼博击！格兰古瓦，我不骗你，它把狼顶得后退了不止十次，狼每后退一次便喘息一会儿。在这短暂的休战间隙内，这个贪吃的小家伙还忙里偷闲啃一口心爱的嫩草，接着便转身又投入战斗，嘴里还衔着青草呢……搏斗持续了整整一夜。塞甘先生的山羊不时抬起头望一眼满天的繁星，自言自语道：

“噢！但愿我能坚持到天明……”

闪亮的星星一颗接一颗地消逝了。布朗盖特的犄角舞动得更起劲，而狼的牙齿也愈加凶残起来……天边露出了鱼肚白……沙哑的鸡鸣声从山下农户家传了上来。

“终于熬到头了！”可怜的小山羊叹息道，它就等着天亮好一死了之。它倒在地上，美丽的白皮毛已是血迹斑斑……

于是，狼向小山羊扑去，把它吃掉了。

格兰古瓦，再见了！

你刚刚听到的这个故事并不是我虚构的童话。有朝一日，你到普罗旺斯来，我们当地人会经常对你说：“塞甘先生的山羊与狼搏斗了一整夜，后来，天亮了，狼把它吃掉了。”

格兰古瓦，你听清了：

“后来，天亮了，狼把它吃掉了。”

繁星[1]

——普罗旺斯一位牧羊人的叙说

我在吕伯龙山上放牧的那段时间里，连续几个星期也看不见一个人影，孤零零地同我的狗拉卜利和一大群绵羊在牧场里厮守着。蒙德吕尔山上的那位隐士上山采药，不时从牧场经过；我偶尔也能见到彼尔蒙的烧炭工人那黝黑的脸膛。可这些人都很天真幼稚，常年离群索居已使他们变得沉默寡言，与人交谈的兴致自然也就消失殆尽了，况且他们对山下村镇和城里人在说些什么一无所知。每隔十五天，农场的人便赶着骡子为我送来半个月的食物，因此当我听到上山的路上响起骡子的铃铛声，当我看见农场小家伙那机灵的脑袋，或瞧见诺哈德老婶子那条橙色的头巾在坡道处渐渐露出时，真是快乐极了。我让他们讲述山下家乡的新闻，说说哪家做了洗礼，哪家婚迎嫁娶，但我最感兴趣的还是主人女儿的近况，这位斯特凡娜特小姐是方圆几十里最漂亮的美人。我装出一副不经意的样子，打听她是否常去参加晚会、常去找人聊天；是否又有新的情郎向她献殷勤。有人问我，像我这样的山间贫苦的牧羊人打听这些

[1] 本文最初发表于1873年4月8日的《公益报》上。——原注

事又有何用，我会回答说，我已经二十岁了，况且这位斯特凡娜特小姐是我有生以来见过的最漂亮的姑娘。

然而，一个星期天，又到了农场该送食物的日子，农场的人却迟迟未到。上午我寻思着："也许大伙都忙着做弥撒去了。"临近中午，下了一场暴雨，我琢磨着，雨后路滑，恐怕运货的骡子是无法上路了。可转眼间雨过天晴，碧空如洗，阳光、水珠在山间交相辉映：下午三点左右，在叶间雨水的滴答声和暴涨的溪水的轰鸣声中，我终于听到了骡子的铃声，那么欢快，那么清脆，好似复活节的钟声一样。但这赶骡子的人既不是农场那小家伙，也不是诺哈德老婶子。你们猜是谁！……孩子们，正是我们的小姐！是小姐亲自来了。她端坐在骡背上的柳条筐之间，山间的空气及暴雨带来的清爽使她的面颊显得格外红润。

农场那小家伙病了，诺哈德婶子到她孩子那儿去休假。漂亮的斯特凡娜特一边从骡背上下来，一边诉说这一切，她还解释说来晚了是因为迷了路。可看她穿的那身节日盛装：花色饰带、亮丽的裙子、诱人的花边，与其说她在荆棘丛中寻道探路，不如说她在舞会上耽搁了。噢，多么娇美的姑娘啊！我的眼睛看着她绝不会感到乏味。说真的，我还从未这么近距离看过她。冬天时有几次，当羊群回到平原上，晚上我回农场吃晚饭时，见她在饭厅里急促地来回穿来走去，从不与仆人搭讪，她总是打扮得很漂亮，还带着几分傲气……现在，她就站在我面前，只是为我而来，难道这不让我受宠若惊吗？

她从筐里取出粮食后，便好奇地打量着四周。她担心裙子被刮破，便略微撩起漂亮的裙子，走进围栅，想瞧瞧我歇息的地方，看看那用麦秸和羊皮搭成的小屋；墙上挂着我的大斗篷，我的牧羊棍，我的火石枪。这里的一切都让她十分开心。

“那么，你就住在这儿，可怜的牧羊人？你总是孤单一人，该多烦闷呀？你都干些什么？又想些什么呢？”

我真想回答：“想您，女主人。”我不会撒谎，心慌意乱之下竟然找不到一句要说的话。我想她已经对此有所察觉，这个淘气鬼还要略施小计，让我丑态出尽，她却自得其乐：

“牧羊人，你的女朋友呢，她是不是有时上来看看你？……也许是只金色的小母羊，再不就是在山巅上飞奔的艾斯特蕾尔仙女……”

对我说这话时，她本人就带着一副艾斯特蕾尔仙女的神态，她向后仰着头，脸上露出迷人的微笑；她飘然而至，又要匆忙离去，她的到访真像一场梦幻。

“再见，牧羊人。”

“再见，女主人。”

她带着空篮子走了。

当她消失在山坡的小路上时，我似乎觉得骡子蹄下掀起的碎石颗颗都落在我的心头，碎石的滚动声我听了许久，直到夕阳西下，我还似沉浸在睡梦中，一动也不敢动，生怕惊醒我的美梦。傍晚时分，山谷的深处已开始变成蓝色，羊群一边“咩咩”地叫着，一边相拥着挤进围栅，这时我听见山下有人喊我。小姐猛然出现在我眼前，脸上已没有了那笑盈盈的样子，因寒冷、害怕，她浑身在打战，而且衣服也都湿透了。好像到了山脚下，她才发现暴雨已将索尔格河的水面增宽了许多；她想不顾一切地冲过去，却险些被湍急的河水吞没。最可怕的是，天这么晚了，想返回农场已不可能了。虽有一条近路可以返回农场，但小姐一个人是找不到这条路的，而我又无法离开羊群。一想到要在山上过夜，真让她坐立不安，担心家人惦念更让她如坐针毡。我呢，则尽力安慰她：

“七月里，夜很短暂，女主人……一会儿就熬过去了。”

我很快燃起一堆大火，让她烘烘双脚，同时把被河水浸湿的裙子烘干。接着，我把牛奶和奶酪放在她面前，但这可怜的小姑娘既不想烤火，也不想吃东西。见她眼睛里滚动着颗颗泪珠，我都不禁要哭了。

此刻，天完全黑了下来。唯有山脊处还能看到一抹落日的余晖，在天际处看到一片淡淡的晚霞。我想让小姐在围栅里休息，在新鲜的麦草上铺了一张崭新的漂亮羊皮之后，便向她道了晚安。我来到外面，坐在大门口……苍天为我做证，尽管爱情的烈火烧得我热血沸腾，但我绝没有任何邪念，只有一种崇高的自豪感。想想看，在围栅的一角，紧挨着一群望着她进入梦乡的好奇的绵羊，我们主人的女儿在我的保护下歇息着，她好似母羊群中一只最高贵、最圣洁的母羊。在我眼里，天空从未像今晚这样高深莫测，繁星这样明亮……突然围栅的栅栏打开了，美丽的斯特凡娜特出现了。她无法入睡，群羊滚动时把麦草弄得唰唰作响，再不就在梦中发出“咩咩”的叫声。她倒更愿意坐到火堆旁。见此情景，我把自己身上的一张母羊皮披在她的肩上，把火拨旺，我们俩并肩坐在一起，缄默不语。

你们要是露天过过夜，定会知道在我们沉睡的时刻，一个神秘的世界却在孤独和沉寂中醒来。此刻，泉水的叮咚声更为清脆，池塘里燃起星星点点的亮光。山上所有的生灵都自由自在地忙碌着，空中响着沙沙声和极细微的声音，仿佛那是树枝在抽芽、青草在拔高时发出的声响。白天是动物的世界，到了晚上就成了植物的天下。人们对此不习惯时，觉得挺恐怖的……因此小姐浑身战栗不已，听到极微小的声响，就会吓得靠在我身上。

山下那映着夜色的池塘处发出一声悠长的哀鸣，这鸣声忽高忽低一直传到我们耳中。与此同时，一颗美丽的流星从我们头顶划过，朝发出哀鸣那个方向落去，仿佛我们刚听到的哀鸣还点缀着一丝亮光。

“那是什么？”斯特凡娜特低声问道。

“是一个进了天堂的灵魂，女主人。”我在胸前画了个十字。

她也照样画了个十字，抬起头，若有所思。接着她对我说：

“牧羊人，大家都说你们这些牧羊人是巫师，这是真的吗？”

“不，这不是真的，小姐。但在这里，我们生活在靠近星星的地方，要说天上的事，我们可比平原上的人知道得多。”

她双手托腮，一直仰望着星空。她身裹绵羊皮，宛如天上的小牧童：

“这么多星星！多美呀！我从未见过这么多星星，你知道这些星星的名字吗，牧羊人？”

“当然啰，女主人……瞧！在我们头顶的正上方，是‘圣雅克之路’（银河）。它从法国直通到西班牙，那是当年勇敢的查理大帝与萨哈森人作战时，加里斯的圣雅克划出的天道，好为查理大帝指明道路。再远一点，那是‘灵魂战车’（大熊星座），战车有四根锃亮的车轴。在战车前面跑的那三颗星星是‘三牲畜’，靠近第三颗的那颗小星星是‘车夫’。您看见这周围纷纷落下的流星雨了吗？那是慈悲的上帝不愿收留在天上的灵魂……稍低一点，那是‘耙星’，又叫‘三王星’（猎户星座）。这个星座是我们牧羊人的时钟。只要朝这星座看一眼，我就知道现在已经过了子夜。再稍低一些，一直朝南看，那颗亮闪闪的星星就是‘让·德米兰’，堪称天体的火炬（天狼星）。关于这颗星，在我们牧羊人中流传着这么个传说：一天夜晚，让·德米兰、三王星和普西涅尔星（昴星团）应邀参加某星友的婚礼。普西涅尔星心急如焚，率先动身，选择上路行走。您往天空高处瞧，就看见它了，您看它不是在那儿吗。三王星走下路，并赶上了它；而懒惰的让·德米兰因贪睡起得太晚，落在了后面。它一气之下，将手杖朝它们扔去，以阻止它们行进。因此‘三王’又称‘让·德米兰的手杖’……然而，女主人，繁星之中最美的星星，当属我们自己的星星，也就是‘牧羊人之星’。清晨，当我们赶羊出圈时，它为我们照亮；夜晚我们返回围栅时又是它为我们照明。我们还称它为‘玛格洛娜’，这颗美丽的星星一直跟在‘普罗旺斯的皮埃尔’（土星）后面，它们每隔七年结一次婚。”

“怎么？牧羊人，星星也结婚吗？”

“是的，女主人。”

当我试图向她解释星星结婚是怎么回事时，我感觉到某种清新、精美之物轻轻地压在我的肩头，是她那颗困意沉沉的头靠在我身上，一动不动。当天空中的繁星一颗颗变淡，其光彩被渐升的太阳淹没时，她依然靠在我身上。我呢，望着她那香甜的睡态，内心闪过一丝不宁的心绪，但这皎洁的夜空在为我神圣地保驾，我只有甜美的意念。在我们周围，繁星默默无声地继续赶路，温驯得就像一大群绵羊。我不时在遐想，这繁星中的一颗，就是那颗最美丽、最璀璨的星星，因迷了路，来这里靠在我的肩膀上睡着了……

阿莱城的姑娘[1]

从我的磨坊往下走到村子里去，要经过大道边上的一座农庄，农庄坐落在一个大场院的尽头，场院四周种了许多朴树。这是一所地道的普罗旺斯式的农家宅院，屋顶上红瓦铺缀，棕红色房屋立面十分宽大，上面开了几扇排列不规则的窗洞，阁楼上竖立着风信标，屋顶上装了一部起吊磨盘的滑车，几捆枯黄的干草露出檐外。

这所房子为何使我震惊不已？这扇紧闭的大门为何让我感到如此痛苦？我道不出其中原委，但这深宅大院真让我毛骨悚然。农庄周围静极了……有人从这儿经过时，狗不咬，珠鸡不鸣，纷纷跑开……院子里死一般寂静！一点儿声音都没有，甚至连骡子的铃声都没有……要不是窗上挂着白色的窗纱，屋顶上冒出缕缕炊烟，大家真以为这里没人住呢。

昨天中午时分，我从村子里往回走，为了防晒，我沿着农庄围墙，在朴树的树荫下走着……在农庄前的大道上，几位农工不声不响地装满了一车干草……院子门敞开着，经过大门时，我向里瞥了一眼，见院子深处有一位白发苍苍的高个子老

[1] 本文最初发表于1866年8月31日的《事件报》上。——原注

人，双肘撑在石桌上，头埋在手掌里，上穿一件不合身的短上衣，下穿一条破烂不堪的短裤……我停住脚步，一位农工低声对我说：

“嘘！他就是房主……自从他儿子遭遇不幸后，他就成了这个样子。”

此时，一个妇人和一个男孩子身着黑色丧服从我们身边经过，他们手里拿着大本烫金的祈祷书，进了农庄。

农工补充道：

“……这是女主人和小儿子刚做完弥撒回来。自从大儿子自杀后，他们每天都去做弥撒……咳！先生，多让人伤心呀！父亲还穿着死者的衣服，说什么也没法让他脱下来……嘚儿，驾！畜生！”

草车晃动了一下准备启程。我想了解更多的情节，便求车夫让我坐在他身边。在草车上，在一堆干草里，我得知这段心酸往事的始末。

大儿子叫让，是位帅气十足的农民小伙子，他年方二十岁，文静得像个姑娘；他身体结实，神清气爽。人长得漂亮，自然很多女人都盯着他，但他心中只有一个女人——一位娇小的阿莱城姑娘。她总是穿着一身丝绒衣服，上面饰满了花边。他是在阿莱城竞技场上与她相识的。起初家人并不看好这门亲事，因为这姑娘总是打扮得过于妖艳，况且她父母又不是本地人。

但让不管这些，无论如何也要娶这个阿莱城的姑娘。他说：

“要是不能娶她，我宁愿去死。”

既然如此，也只好由他去了。家人决定秋收后给他完婚。

后来，一个星期天晚上，全家人聚在农庄的院子里正吃晚饭，这顿饭就像婚宴那么丰盛。尽管未过门的新娘子没来吃饭，但大家还是纷纷举杯为她祝福。就在晚饭快结束时，一个男人出现在大门口，用战战栗栗的声音说要求见埃斯德夫主人，而且要单独和他谈谈。于是埃斯德夫便站起身，出门上了大路。

“先生，”那男人说，“您将给您的儿子娶回一个荡妇，过去的两年内，她是我的情妇。我所说的这一切都有证据：这是我们的情书！……这事她父母都知道，他们还答应把她嫁给我。但自从您儿子与她相好之后，她父母，还有她本人都不理睬我了……可我过去一直以为我们俩有了那事之后，她就不会成为他人之妻了。”

“好吧！”埃斯德夫看过那些情书后说，“进家喝一杯白葡萄酒吧。”

那人答道：

“谢谢！我是口渴能忍，痛苦难熬呀。”

言罢，他就走了。

父亲不动声色地回到家中，又坐在餐桌旁自己的位子上，晚餐在欢娱的气氛中结束了……

这天晚上，埃斯德夫和他的儿子一起去了田野。父子俩在外面待了许久，当他们回家时，母亲还在等着他们。

“夫人，”主人把儿子拉到她身边，对她说，“拥抱他吧！他真是不幸……”

让从此不再提这个阿莱城姑娘，可心里却一直爱着她，而且比以往任何时候都更爱她，特别是得知她曾投入过他人的怀抱后更是如此。只是他的自尊心太强了，故而什么也不肯说，正是这一点害了他，可怜的孩子！……有时，他一连几天单独待在一个角落里，一动不动。平日里，他到田里发疯似的干活，一个人干的活顶得上十个农工……到了晚上，他便上了通往阿莱城的大道，一直往前走，走到在夕阳中能看见城里细长的钟楼时才停下来。然后，他就往回走。他从不到更远的地方去。

见他总是这个样子，那么忧伤，那么孤独，全家人不知如何是好。大家担心会出什么事……一次，在吃饭时，母亲眼泪汪汪地望着他，对他说：

“让，那么，你听着，你要非娶她不可，我们会成全你……”

父亲羞得满面通红，低下了头。

让摇了摇头，走了出去。

从这天起，他换了一种活法，装出一副快乐的样子，好让父母放心。在舞场上，在酒吧里，甚至在火印节上又能看到他的身影。在丰维埃耶的投票选举中，他还成了法朗多拉舞的领舞人。

父亲说：“他没事了。”而母亲却总是忧心忡忡，对自己的孩子看管得更紧了……让和弟弟睡在一起，卧室紧挨着蚕房，可怜的老母亲在他们卧室的隔壁房间里搭了一张床……夜里，蚕可能需要她照料。

圣埃卢瓦节到了，圣埃卢瓦是农家的保护神。

农庄里洋溢着喜庆的气氛……每个人都有一份烤牛肉，烧酒更是随便喝；接着便放鞭炮，点焰火；棵棵朴树上都挂满了五颜六色的灯笼……圣埃卢瓦万岁！大家跳起了法朗多拉舞，直跳得死去活来。小儿子不慎烧着了自己的衣服……让也显得很高兴，他想拉着母亲一起跳舞，可怜的女人落下了幸福的泪花。

子夜时分，人们都去睡了。大家都困了……可让却睡不着。他小弟后来说，让抽泣了一整夜……

我向你保证，他还是爱恋着那个姑娘……

第二天清晨，母亲听到有人跑着穿过她的卧室。她好像有一种预感：

“让，是你吗？”

让没有回答，他已经上了楼梯。

快，快，母亲连忙爬起身：

“让，你去哪儿？”

他爬上了阁楼，她跟在他后面也爬了上去：

“我的儿子，老天爷呀！”

他关上了门，随手将门插上。

“让，我的宝贝，回答我，你要干什么？”

她那双苍老的手颤抖着，摸索着寻找插销……一扇窗户打开了，紧接着一个身躯摔在院内石板地上发出一声闷响，一切都结束了……

可怜的孩子，临终前还自言自语道："我太爱她了……我走了……"唉！我们真是无能为力呀！虽然鄙夷并不能扼杀真正的爱情，可这代价真够沉重的！……

那天早晨，村里的人都在琢磨，是谁在埃斯德夫农庄那边发出如此撕心裂肺的哀号……

正是这位母亲，她连衣服都未来得及穿，在沾满露水和斑斑血迹的石桌旁，放声痛哭，怀里抱着死去的孩子。

教皇的骡子[1]

普罗旺斯的农民常用美妙的谚语、成语或格言来修饰他们的话语，但在所有的谚语中，不知哪一个能比下面这个谚语更生动、更奇特。距我的磨坊方圆几十里的地方，当人们议论某人爱记仇、报复心强时，就说："这个人，您要当心！他就像教皇的骡子，尥蹶解仇，七年不晚。"

我用了很长时间去查找这则谚语的起源，查考教皇的骡子和尥蹶七年不晚是怎么回事。这里没人能为我解答这个问题，甚至连老笛手弗朗塞·玛玛伊也无法解答，尽管他对普罗旺斯的各种传说了如指掌。弗朗塞和我的想法一样，这则谚语里肯定隐含着阿维尼翁地区古老的传说，但他只闻谚语，未闻其他。

"您只好到'蝉'图书馆里去查查看。"老笛手笑着对我说。

这个主意倒不错，况且"蝉"图书馆就在我家门口，整整一个星期我都把自己关在图书馆里。

这是一座神奇的图书馆，藏书丰富，昼夜为诗人们开放，

---

[1] 本文最初发表于1868年10月30日的《费加罗报》上。——原注

一群腰系小钹的图书小管理员为读者服务，整天为你奏乐。在那里的那几天我真的很快乐。经过一周的查询——当然是躺在草地上——我终于找到了我想要的东西，就是那匹骡子和它尥蹶七年不晚的故事。这童话般的故事虽然有些幼稚，却十分有趣。昨天早晨，我在一份蓝天般的手稿中看到了这故事，我要原原本本地讲给你们听，这手稿还散发着干薰衣草的芳香，而那挂在空中的蜘蛛网正是这手稿的书签。

谁要是未见过教皇时代的阿维尼翁城，就等于什么也未见过。城中洋溢着欢乐，到处生机勃勃，热闹非凡；节日的排场更是气势宏大，没有哪座城市能与该城媲美。当时，从早至晚，朝圣者摩肩接踵，各种仪式行列蔚为壮观；街上撒满了鲜花，到处悬着立经挂毯；红衣主教们乘船经罗讷河纷纷到阿维尼翁拜见教皇，双桅战船上彩旗飘扬，教皇的士兵在广场上唱着拉丁赞歌，化缘的修士敲打着木铃；教皇宫殿四周，一座座房屋鳞次栉比，错落有致；房子里的人忙忙碌碌，发出嗡嗡的响声，好似在蜂房四周飞舞的蜜蜂；那是花边织机的哒哒声，为教堂饰物织金线的梭机声，雕花工匠的小锤声，弦乐器制造商的调弦声，纺织女工的歌声，此外还有从高处传来的钟声以及大桥那边不断飘来的隆隆的鼓声。因为在我们这里，人们高兴时就要跳舞，就得让他们跳，可那个时代街道都很窄，在城里根本就无法跳法朗多拉舞，于是笛手和鼓手便站在阿维尼翁大桥上借着罗讷河的清风伴奏，人们在桥上昼夜不停地跳呀，跳呀……啊！多么幸福的时代！多么快乐的城市！战戟早已变钝，没了锋芒；国家监狱成了储酒的好地方。从来未发生过饥馑，也没有过战争……由此可见，孔达王国的教皇多么会管理他们的臣民，而臣民又是多么怀念教皇呀！

然而，最值得大家怀念的教皇是一位善良的老人，叫博尼法斯……咳！这位教皇去世时，阿维尼翁人为他流了多少眼泪呀！这位君主那么和蔼可亲，那么令人爱戴！他在骡背上总是那么慈祥地向你微笑。当你从他身边经过时，不管你是卑贱的捞茜草的穷工人，还是城里的大法官，他都彬彬有礼地为你祝福！真是一位地道的伊夫托教皇，只不过是普罗旺斯的伊夫托。他那微笑中带着几分精明，方形帽上插着一束牛至香草，身上没有佩戴任何饰物，大家都知道，这位和善老人的唯一饰物就是他的葡萄园，一个由他亲手种植的小小的葡萄园，距阿维尼翁城十几里地，在新城堡的香桃木园里。

每个星期天，做完晚祷回来，这位可敬的老人都要去看看他的葡萄园，来到园子里，便坐在和煦的阳光下，骡子立在他身旁，红衣主教们都伏在葡萄根脚下。这时他叫人打开一瓶自酿的葡萄酒，真是色味纯正的好酒，酒液呈红宝石色，从此这种酒就被冠以“教皇新城堡”的大名。他一边小口缓缓地品尝着，一边动情地望着他的葡萄园。然后，一瓶酒喝光了，天也快黑了，他便心满意足地回到城里去，身后跟随着一大群教士。当他经过阿维尼翁大桥时，桥上的人随着鼓乐声在欢快地跳着法朗多拉舞，骡子在音乐的激奋下，也一跳一跳地舞动起来，而教皇自己也用方形帽打着拍子，红衣主教们对此举极为不满，但他却赢得所有臣民的欢呼：

“啊！善良的君主！啊！正直的教皇！”

除了新城堡葡萄园外，在这个世界上，教皇最喜爱的就是他那匹骡子。这位老好人确实很钟爱那畜牲，每晚就寝前，他都要去骡厩，看看厩门是否关好，料槽里是否缺少草料。他用完御膳，便唤人给骡子准备一碗法式葡萄酒，再加许多糖和香料，要是不亲眼瞧着备好酒，他不会起身离开餐桌，他亲自将酒端给骡子，尽管主教们对此颇有微词……可也得说，这畜牲不枉他的宠爱。这是一匹漂亮的骡子，身上缀着斑斑红点；四蹄稳健，皮毛光亮，臀部宽大、浑圆；它那颗不大的头略显冷酷，又带着几分傲气，头上系着绒球、长结、银铃和丝带，佩戴着这些饰物它显得温顺极了；它的眼睛天真无邪，两只长耳朵总在不停地摇动着，这使它看上去倒像个乖孩子。所有的阿维尼翁人都很敬重它。它上街时，没有人对它非礼，因为大家都知道，这是赢得宫廷好感的最佳方式。而教皇的骡子则面露纯朴的神态，不止为一个人带来好运，狄斯特·韦代纳和他那不可思议的奇遇就是一个明证。

这个狄斯特·韦代纳起初只是个没脸没皮的调皮小子，他父亲吉·韦代纳是个做金器雕刻的手艺人，见他整天不务正业，还把其他学徒都带坏了，便把他赶出了家门。半年之内狄斯特身穿礼服在阿维尼翁城的大街小巷到处闲逛，但主要在教皇宫殿附近溜达，因为这坏蛋一直在打骡子的鬼主意，你们将会看到他那套鬼把戏……有一天，教皇独自一人骑着骡子在城墙脚下散步，狄斯特主动上前攀谈，他双手合一，露出一副恭敬的神态，对教皇说：

“啊！我的上帝！伟大的圣父，您这匹骡子可真棒！让我瞧一眼……嗬，教皇，这骡子可真漂亮。德国皇帝也没有这么漂亮的骡子呀。”

接着，他亲切地抚摩着它，对它柔声细气地说着话，就像对待一个小姐那样：

“到这儿来，我的心肝，我的宝贝，我的珍珠……”

善良的教皇深受感动，心中暗自想道：

“这小家伙还真善良！……他待我的骡子可真温柔！”

第二天，你们知道发生了什么事？狄斯特·韦代纳脱了他那套黄色的旧礼服，换上一件漂亮的镶花边的白长衣，外套一件紫色的丝绸坎肩，足蹬一双带环扣的皮鞋，走进教皇的儿童唱经班，这个班过去向来只招收贵族子弟和红衣主教的侄子们……这正是狄斯特的诡计，可他并未就此罢休。

一朝混进服侍教皇的圈子，这个坏蛋便继续玩弄他那套把戏，正是这把戏才让他有了今天这职位。他对所有的人都蛮横无礼，唯独对这匹骡子关怀备至，体贴入微。要是在宫廷的庭院里碰到他，总能见他手拿一把燕麦或一束岩黄芪，望着教皇的阳台，亲切地摇着手中的饲料，那样子似乎在说：“嘿！……这是给谁的呀？……”工夫不负有心人，最后，善良的教皇感到自己老了，便把照看骡厩以及给骡子送法式葡萄酒的事交给他去做，而红衣主教们对此却极不高兴。

这匹骡子也不高兴……现在，到该喝酒的时候，来了五六个唱经班的小唱童，他们身穿坎肩和花边白袍，敏捷地钻到草堆里；过了一会儿，一股暖暖的焦糖和香料的气味充满了厩舍，接着，狄斯特露面了，他双手小心翼翼地捧着一碗法式葡萄酒，这可怜的牲畜的磨难也就开始了。

它特别喜欢这香馥醇厚的酒，这酒曾给它热量，使它体魄强壮。可现在有人把酒端来了，竟狠心放在料槽里，只让它闻味，等它闻够了，酒就被端走了，你就饱饱眼福吧！这碗如同粉红火焰一样的美酒全都灌到这群淘气鬼的喉咙里了……他们要是只偷他的酒喝，那倒还好了，可这帮小坏蛋喝了酒之后，简直就像魔鬼！……这个揪揪它的耳朵，那个拽拽它的尾巴；吉盖骑到它背上，贝吕盖给它试戴方形帽；这帮捣蛋鬼也不想想，这匹正直的骡子要是一抖腰或一尥蹶子，非把他们抛到北极星上不可，甚至比这还远……但是，它不愧是教皇的骡子，它并未这么做，它为人祝福，待人宽容。无论这帮孩子怎么折腾它，它都不气恼；它只怨恨狄斯特·韦代纳……比如当它感觉到他在自己身后时，它的蹄子就发痒了，其实这也是事出有因。狄斯特这个无赖竟然一次又一次地要弄它！他狂饮之后竟会想出那么残忍的鬼点子！……

一天，他竟敢牵着骡子去爬唱经班的小钟楼，往上爬，再往上爬，一直爬到宫殿的最高处！……我在此讲的绝不是个童话，二十万普罗旺斯人亲眼目睹了这一奇观。这匹倒霉的骡子在螺旋式的楼梯上盘旋了一小时，又爬了不知多少级台阶，此后猛然出现在阳光炫目的顶台上，距地面高约上百丈，你们想想看，它心里该多么恐惧。它脚下的阿维尼翁城如虚幻一般；市场的木棚房只有核桃那么大，教皇的士兵在营房前如同忙忙碌碌的红蚂蚁；更远处，在一条银线上跨着一座微型小桥，人们在桥上跳舞，尽情地跳着……咳！可怜的骡子！多么恐怖呀！它发出的嘶鸣令宫殿所有的玻璃窗都震颤起来。

“出了什么事？骡子怎么会这样？”善良的教皇一边急匆匆地冲向阳台，一边高声喊道。

狄斯特·韦代纳已经站在庭院内，装出一副哭相，使劲揪着自己的头发：

“唉！伟大的圣父，是这样，您的骡子……我的上帝！这可怎么办呀？您的骡子爬到钟楼上去了。”

“它自己上去的？”

“是的，伟大的圣父，它自己上去的……瞧！您看它在那上面呢……您瞧见它露出的那两只耳朵了吗？……就像两只燕子……”

“天哪！”可怜的教皇抬眼望去，“它真是疯了，它会摔死的……可怜的骡儿，还是下来吧！……

哎呀！它又何尝不想下来呢……可从哪儿下呢？还从楼梯下，干脆别想，因为爬上来已属不易，要是再走下去，有一百条腿也得摔断了……可怜的骡子感到十分优伤，它在顶台上转来转去，那双大眼表露出头晕目眩的窘状，它想到了狄斯特·韦代纳：

“啊！强盗，如果我躲过这一劫，明天早晨就让你尝尝我的蹶子！”

这个念头给它平添了一些勇气，要不然，它真的坚持不住了……人们最终还是把它从钟楼上解救下来，这可真不是一件轻松的事。用了一台起重机、一副担架和许多绳子才把它弄下来。想想看，教皇的骡子悬在那么高的地方，四蹄仿佛没着落似的在空中划动，就像拴在线绳上的金龟虫，这多丢脸呀。况且全阿维尼翁城人都在注视着它！

这匹可怜的骡子夜里睡不着，它似乎觉得自己还在那该死的顶台上转来转去，钟楼下全城人都在嘲笑它。接着，它想到那卑鄙的狄斯特·韦代纳，想到第二天早晨让他好受的那一蹶子。啊！朋友们，那该是多狠的一蹶子呀！从邦培利古斯特都能看到这一蹶子掀起的灰尘……然而，正当骡子在骡厩里准备好好地款待狄斯特时，你们知道他在干什么？他乘上教皇的双桅战船，嘴里唱着歌，顺罗讷河而下，同一群贵族子弟前去那不勒斯宫。阿维尼翁城每年都要派一批贵族青年到让娜皇后身边学习外交和礼仪。狄斯特并不是贵族，但教皇执意要嘉奖他，以表彰他对骡子的精心照料，尤其是他在解救它那天的突出举动更值得奖励。

第二天，骡子知此真是失望极了！

“啊！强盗！他准是有所察觉！……”它一边想，一边愤怒地摇着头上的铃铛……“不过，这也无所谓，你走吧，坏蛋，等你回来的时候，照样会挨这一蹶子……我给你留着！”

于是，它给他留着这一蹶子。

自从狄斯特走后，教皇的骡子又过上了平静的生活，同时也恢复了它昔日的风姿。吉盖、贝吕盖之流再也不会到骡厩来了。喝法式美酒的美好日子又回来了，这美好的日子让它心情舒畅，中午还能美滋滋地睡个午觉，甚至过阿维尼翁大桥时它都踏着舞步。然而自从它顶台历险之后，城里人对它总有些冷淡。它走在路上时，人们窃窃私语，老年人直摇头，孩子们指着钟楼笑个不停。善良的教皇本人也不如从前那么信任他的老朋友了，星期天，他从葡萄园回来时，骑在它背上想打个盹，可他内心总在想：“我醒来时要是在顶台上可就糟了！”骡子把这一切都看在眼里，内心非常痛苦，可它什么也不说，只是当有人在它面前提起狄斯特·韦代纳时，它的两只长耳朵便簌簌发抖，它带着一丝冷笑在石地上磨着蹄子。

七年就这样过去了。七年后，狄斯特·韦代纳从那不勒斯宫回来了。其实他的学业并未结束，但他得知教皇的首席御膳官在阿维尼翁突然猝死，而且他觉得这是个肥缺，便匆匆忙忙赶回来，就为能把这职位弄到手。

当韦代纳这位工于心计的家伙步入教皇宫殿大厅时，教皇几乎认不出他了，他长高了，也长结实了。应当说，善良的教皇本人也老了，不戴眼镜已看不清了。

狄斯特并没有惶恐不安。

“怎么！伟大的圣父，您不认识我了？……是我，狄斯特·韦代纳！……”

“韦代纳？……”

“正是，您知道……是给您的骡子送法式葡萄酒的那个人。”

“噢！是……是……我想起来了……这个狄斯特·韦代纳，一个善良的小伙子！……可你现在到这儿来，有什么事吗？”

“噢！伟大的圣父，没什么大事……我想求您……对啦，您的骡子还在吗？它怎么样？……嘿！太好了……我想求您将首席御膳官这个职位赐给我，那位前任不是刚刚去世嘛。”

“首席御膳官，就你！……可你太年轻了，你多大了？”

“二十岁零两个月，英明的教皇，我比您的骡子大整整五岁……啊！那匹正直的骡子不愧是上帝的荣誉！您知道我是多么喜欢它呀……我在意大利真是日夜惦念着它！……难道您不想让我见它吗？”

“不，我的孩子，你会见到它的，”善良的教皇激动不已，“既然你这么喜欢这匹正直的骡子，我不想让你生活在远离它的地方。从今天起，我就委任你为我的首席御膳官……我的红衣主教们肯定会因此而大吵大闹，那就让他们吵去吧！我已经习惯了……你明天来找我们，做完晚祷后，在教士会议上我会当众为你授职，然后……我就带你去看骡子，你到葡萄园来和我们俩待在一起……唉！好了，去吧。”

狄斯特·韦代纳走出宫殿大厅时欣喜不已，可他还得耐心等待第二天的典礼，他那迫不及待的心情，我就不必描述了。然而在宫廷里还有比他更高兴、更迫不及待的呢，那就是教皇的骡子。自韦代纳返回阿维尼翁直到第二天晚祷这段时间内，这匹了不起的骡子不停地吃燕麦，两只后蹄也不停地踢墙壁，它也在为典礼做准备……

到了第二天，晚祷结束后，狄斯特·韦代纳阔步迈进宫廷大院。所有的高层教士都在场：有身披红袍的红衣主教，衣着黑丝绒服的讲经法师；有头戴教冠的修道院院长，圣阿格利科区的财产管理员，还有披着紫色披肩的唱经班的领队；下层神职人员也都来了：有着一身宽大戎装的教皇的卫兵，三个社团的苦修士；有望都山的苦修士，他们个个如凶神恶煞，跟在后面的小修士们手执铃铛；鞭笞教徒们袒胸露腹，身着法衣的圣器管理者则容光焕发；所有的人都来了，包括洒圣水的，点蜡烛的，熄灯的……没有一个人缺席……啊！这真是一次隆重的授职典礼！钟声，鞭炮声，阳光，乐曲，还有在阿维尼翁桥上领舞的鼓乐声，这疯狂的鼓乐声一直不停地响着。

当韦代纳出现在典礼会场上时，他那非凡的气质和堂堂的仪表引起一阵赞叹声。这是一位漂亮的普罗旺斯人，满头金黄色的卷发，一抹绒毛似的络腮胡子，就像从他父亲的雕刻刀落下的金屑。有传闻说让娜皇后曾抚摩过这缕胡子。说真的，韦代纳老爷确实有一种自命不凡的神态和漫不经心的目光，而恰恰正是这神态、这目光博得众皇后们的欢心。那天，为了给他自己的民族争光，他特意脱下那不勒斯的服装，换上一件镶着粉红衣边的普罗旺斯式礼服，还在风帽上插上一根长长的白鹮的羽毛，那羽毛随风抖动，帅气十足。

刚一跨入大厅，这位首席御膳官便风度翩翩地向众人致意，然后，径直向台阶的高处走去，教皇正在那儿等着他，将他那职位的象征物赐予他：一把黄杨木勺和一件藏红花色衣服。骡子立在台阶下，鞍辔齐全，准备出发去葡萄园……狄斯特·韦代纳走到它身边时，满脸堆笑，停下来想在它背上亲昵地拍两下，同时斜眼偷视教皇，看是否注意到他自己。他站的这个位置实在太好了……骡子猛地跳起来：

“喂！接着吧，强盗！这一蹶子我为你留了七年！”

它这一蹶子尥得如此凶狠，如此凶猛，甚至连邦培利古斯特那边的人都看见了骡子铁蹄掀起的灰尘，在这金黄色灰尘的旋涡中飘着一根白鹮的羽毛，这就是那倒霉的狄斯特·韦代纳的全部遗物！……

通常骡子尥蹶子可没有这么厉害，但这不是教皇的骡子嘛，况且，你们想想看，这一蹶子，它给他留了七年……要论教会中积怨颇深的冤家，这可堪称是个典范。

桑吉奈尔的灯塔[1]

昨天夜里我实在无法入睡。西北风狂啸着，狂风摇动万物那巨大的声响使我彻夜未合眼。磨坊笨重地摇着那残破的风车旋翼，在风中呼呼地鸣响着，宛如一艘船上的桅帆，整个磨坊都在噼啪作响，屋顶被风吹得一片狼藉，许多瓦片都被风卷走了。远处，满山遍野的松树林在黑暗中摇晃着，呼啸着。人们仿佛置身于波涛滚滚的大海之中……

此情此景不禁使我想起三年前的诸多不眠之夜，那时我住在桑吉奈尔的灯塔上，就在科西嘉海岸那边，在阿雅克修海湾的入海处。

这是我在那一带找到的一个离群索居和自由遐想的好地方。

你们可以想象，一座红土地的小岛，满目荒凉；灯塔坐落在小岛的一个岬角上，小岛的另一岬角上有一座热那亚式的古塔，我在岛上生活的那段时间里，古塔里栖息着一只鹰。灯塔下方，紧靠着海边，有一所荒废的检疫站，里面已是杂草丛生；此外岛上沟壑纵横，丛林密布，岩石峭立，野山羊出没其

[1] 本文最初发表于1869年8月22日的《费加罗报》上。——原注

间；科西嘉小马奔来跑去，马鬃随风飘动；在高处，在最高的地方，耸立着灯塔房，成群的海鸟围着灯塔盘旋，灯塔上面有白色砖石砌成的平台，守塔人就在这平台上走来走去；有一扇绿色的拱形门，还有一个铸铁的小塔，上面安置一盏巨型多面体灯，在阳光下闪闪发光，灯总亮着，即使白天也不例外……这就是桑吉奈尔岛，昨天晚上，在松涛的呼鸣声中，我又见到了它，它依旧是老样子。那时我还没有一座磨坊，当我需要呼吸新鲜空气，需要静享孤独时，便来到这迷人的小岛，过几次与世隔绝的生活。

我在那里做什么？

无非是我在这里做的那些事，不过事要少一些。当西北风或北风刮得不太凶时，我便来到紧临海边的两块岩石处，置身于海鸥、乌鸫、海燕之中，我在这儿一待就是一天，凝视着大海，那种感受使人既惊愕不已，又疲惫不堪，但却让人回味无穷。你们不是都体验过这种心灵陶醉的佳境吗？无思无梦，生命离开你的躯体，飞向高空，四散开来。人仿佛就是那跃入海中的海鸥，是在阳光下那荡漾于两峰巨浪之间的泡沫，是那艘渐渐远去的巨轮上的一缕白烟，是采集珊瑚的一叶红帆小船，是一颗珍珠，是一团淡雾，是除你以外的这世间的一切……啊！我在这小岛上度过多少似睡非睡，意醉神迷的美妙时刻呀！……

在刮大风的日子里，海边是去不得了，我就把自己关在检疫站的院子里，这是一个令人伤感的小院，院里充满了迷迭香和野苦艾的清香，我背靠着一堵老墙，蜷缩在那里，任凭荒凉及忧愁那淡淡的清香缓缓地袭上心头，这淡香随阳光在石砌棚屋中飘荡；棚屋四面洞开，就像一座座古墓。不时会有一下拍门声，草丛里还有轻微的跳跃声……那是一只避风的山羊来这里吃草。一见到我，它猛然愣在那里，待在我面前一动不动，露出机敏的样子，头上的犄角高耸着，用天真的目光看着我。

临近下午五点时，守塔人用喇叭筒喊我回去吃晚饭。于是，我沿着丛林中的一条小路，一直攀上海边陡峭的山崖；我慢悠悠地朝灯塔走去，每走一步，便回头望望这水天相连的辽阔的远方，我登得越高，这天际仿佛就越开阔。

灯塔上面确实很迷人。我现在还记得那间漂亮的餐厅，地上铺着大块的地砖，墙上镶着橡木护墙板，餐桌上的普罗旺斯鱼汤正冒着热气，门朝白色晒台敞开着，落日的余晖直射进来……守塔人都在餐厅里，等我回来用餐。灯塔上有三个守塔人：一个马赛人和两个科西嘉人，他们个子都不高，蓄着络腮胡，脸膛黝黑，皮肤粗糙；三个人穿着同样的厚羊毛呢上衣，但举止、性情却截然不同。

仅从这些人的生活方式上看，两种民族的差异便一目了然。马赛人心灵手巧，活泼好动，总是不停地忙活着，从早到晚在岛上跑来跑去，种地，翻土，拾海鸟蛋，藏在丛林中等着挤过路山羊的奶；他总在捣弄吃的，不是做蒜泥蛋黄酱，就是熬鱼汤。

而那两个科西嘉人却正相反，除了本职工作外，其他事情一概不做。他们自以为是官员，整天待在厨房里没完没了地打纸牌，只是在卷烟、点烟时才停下来，他们把大张的绿烟叶剪碎在手心里，然后神情严肃地点燃手中的烟斗……尽管如此，不管是马赛人，还是科西嘉人，他们三位心地善良，纯朴，天真，待我这位客人也极为热情，虽然我在他们眼里是个怪人……

你们想想！这世间竟然有人愿把自己关在灯塔上找乐子！他们觉得这灯塔上的日子是那么漫长，轮到他们返回陆地休息时，他们又是那么高兴……在那风平浪静的季节里，半年之内他们都能享受这种轮休的快乐。在塔上值守三十天，到陆地休息十天，这已成了规则，但在冬天或气候恶劣时，便无规可循了。风急浪高，桑吉奈尔岛白浪滔天，守塔人会连续两三个月被困在灯塔上，有时还会陷入十分险恶的境地。

“先生，在我值守时发生过这么一件事，”一天，我们在一起吃晚饭时，老巴尔托里对我讲述道，“那是五年前的事了，一个冬夜，像现在一样，就在我们正围坐的这张桌子旁。那天晚上，灯塔上只有两个人：我和一个叫捷戈的伙伴……其他人都返回陆地去了，生病的，休假的，或其他别的原因……我们俩马上就要吃完饭了，正平心静气地坐着……突然，伙伴手中的餐具停了下来，他用奇异的眼神看了我一会儿，扑通一声，他倒在桌子上，手臂向前伸着。我跑到他身边，摇他，喊他：‘喂！捷！……喂！捷！……’

“他纹丝不动，已经死了……您想，这多让人心焦呀！在一个多钟头内，我一直惊魂不定，面对这具尸首浑身发抖，后来，我脑中突然闪过一念：‘灯塔！’我立即登上塔顶，将灯点燃。天已完全黑了……先生，那是多么可怕的夜啊！海浪声、风吼声听上去都极不自然，每时每刻我似乎都能听见有人在楼梯上喊我。此外，我浑身发热，口干舌燥！幸亏没人叫我下来……我特别害怕死人。然而，天蒙蒙亮时，我的胆量稍大了一些，我把死去的伙伴抱到床上，蒙上床单，做了一番祈祷，然后马上跑去报警。

“不幸的是，海浪太大了，不管我怎么呼唤，也没人过来……灯塔内只有我一个人和可怜的捷戈在一起，天知道这要持续多长时间呢……我多么希望把他留在我身边，直到有船开过来！可三天过去了，再把他这么保留下去已不可能了……怎么办？把他放到外面去？将他埋掉？岩石那么硬，而且岛上还有那么多乌鸦。把这基督徒喂了乌鸦又于心不忍。于是，我打算将他搬到下面检疫站的石棚屋里……这件苦差事我整整干了一下午，我向您保证，这的确需要胆量。喂！先生，直到今天，在大风天里，我要是下午到岛那边去，似乎总感觉肩上扛着一个死人……”

可怜的巴尔托里！只要一想起这事，他脑门儿上准冒汗。

我们每顿饭都坐在一起，长时间地边吃边聊：灯塔，大海，对海难的描述，科西嘉海盗的故事……黄昏时分，值前夜的守塔人点燃他的小灯，带上烟斗、水壶、一大本红边的普鲁塔克斯[1]的论著——这便是桑吉奈尔岛图书馆的全部藏书，一

[1] 普鲁塔克斯（约46—125），希腊传记作家及伦理学家。

闪身消失在餐厅的深处。过了一会儿，整个灯塔便响起了嘈杂的铁链声、滑轮声以及上了发条的钟锤的摇摆声。

这时，我起身来到屋外，坐在凉台上。太阳已落到很低的地方，正朝海平面飞快地落去，将整个天际都拖向海下。凉风习习，小岛呈现一片暗紫色。天空中，一只大鸟笨重地从我头顶上飞过，这是那只栖息在热那亚古塔中的老鹰在归巢……海面上渐渐生起淡淡的薄雾。不一会儿，唯有小岛四周一圈白色的浪花还依稀可辨……突然，在我头顶上放射出一束柔和的灯光。灯塔上的灯已经点燃了。明亮的灯光洒在外海的海面上，将整个小岛抛在黑暗中，那大束的光波将我瞬间照亮之后，一闪而过，而这光束下，在黑夜里，我真有些茫然不知所措……夜风愈来愈凉。该回屋里去了。我摸索着关上沉重的大门，插好铁杠，然后继续摸索着攀上一座小楼梯，我每迈一步，铁梯都在颤动，并在我脚下发出咚咚的声响，我终于攀到了塔顶，嗬，这儿可真是灯火通明。

想想看，一盏六排灯芯的巨型卡索油灯该有多亮，灯室四周的内壁慢慢地旋转着，有的内壁里装着巨大的水晶玻璃透镜，有的则朝一大型固定玻璃隔板设一开口，玻璃隔板可防风吹灭火光……刚进去时，强烈的灯光晃得我睁不开眼。这一组组铜片、锡片、白色金属的折射物，这一扇扇不停旋转并放出青色光环的凸型水晶镜墙，所有这闪烁不定的灯光，所有这交织在一起的光线，让我不时感到头晕目眩。

然而，我的眼睛渐渐地适应了这令人眼花缭乱的光线，我过来坐在灯柱脚下，坐在守塔人旁边，他生怕自己睡着了，正高声念着那本普鲁塔克斯的论著……

外面是茫茫的黑夜，是无底的深渊。在沿玻璃隔板所设的小阳台上，风发疯似的刮着，发出呼呼的鸣响。整个灯塔到处都在噼啪作响，大海呼啸着。在海岛的岬角处，海浪拍打着岸边的岩礁，发出大炮般的轰鸣声……不时，一只隐形的手指敲打着玻璃窗：一只夜鸟，受灯光的吸引，一头撞在水晶玻璃上……在耀眼而又温暖的灯室内，只有火焰的爆裂声，滴答的落油声以及铁链的哗哗声；还有那单调的读书声，守塔人正高声朗读法莱尔·德米特里[1]的生平……

午夜时分，守塔人站起身，最后再察看一眼灯芯，我们便往下走。在楼梯处碰到值后夜的伙伴，他一边上楼，一边揉着睡意惺松的眼睛。我们把水壶和那本普鲁塔克斯的书交给他……然后在上床睡觉前，我们来到底层那间屋里，里面到处堆着铁链、大钟锤、锡制水箱、绳索等物件。守塔人借着小灯的灯光，在一大本总是摊开的日志上写道：

午夜。

浪高。

暴风雨。

外海有船。

---

[1] 法莱尔·德米特里（约前336—前283），雅典的政治家及演说家。

“塞米扬特号”沉船始末[1]

既然那一夜的西北风将我们抛到科西嘉海岸，那就让我给你们讲一段惊险的海上故事，那里的渔民们晚上聊天时常常讲这段故事，一个偶然的机会使我了解到这段故事令人称奇的细节……

……那是两三年前的事了。

我和海关署的七八个水手在撒丁岛海域巡查。对见习水手而言，这真是一次艰苦的航程。整个三月份，我们没经历过一个好天气。东风猛烈地吹打着我们，大海也从未平静过。

一天傍晚，暴风雨来临之前，我们在寻找避风港，我们驾船来到博尼法乔海峡的入海口，将船泊在一群小岛之间……群岛的景色毫无动人之处：光秃秃的大岩石，上面栖息着成群的海鸟；偶尔能见到几束苦艾丛，几片乳香黄连木丛林；岸边的淤泥处，这儿、那儿地散落着正在腐烂的朽木，但是，说实在的，守着这阴森森的岩石过夜也比躺在那条旧木船低矮的船舱里强，这里海浪缓缓涌动，我们对此很满意。

刚一下船，水手们马上燃起火堆，准备做普罗旺斯鱼汤，

[1] 本文最初发表于1866年10月7日的《事件报》上。——原注

此时，船老大叫住我，向我指了指在小岛另一端隐在雾中的白色石围墙：

“和我到墓地去吗？”他对我说。

“一座墓地！里奥奈蒂老大，我们这是在什么地方？”

“在拉维吉群岛，先生。这里埋葬着‘塞米扬特号’护卫舰的六百名遇难的官兵，那艘护卫舰就是在这里沉没的，一转眼，十年过去了……可怜的人啊！来此凭吊的人并不多，既然我们到了这儿，至少还应该向他们问候一下……”

“我非常愿意去，老大。”

埋葬“塞米扬特号”遇难者的墓地真是太凄凉了！我现在依然记得那低矮的围墙；那扇生锈的铁门，锈蚀得难以打开；那默默无声的小教堂，还有那湮没在杂草丛中的数百个黑色的十字架……没有一只缅怀亲人的花环，没有任何纪念物！什么都没有……啊！这些被人遗忘的可怜的亡人，他们在这意外的墓穴中该感到多么凄清！

我们在墓前跪了片刻。船老大高声地祈祷着。几只大海鸥——这墓地的唯一守护者，在我们头顶上盘旋，它们那嘶哑的叫声与大海的哀号遥相呼应。

祈祷结束后，我们心情忧郁地回到停船的地方。在我们去墓地这段时间内，水手们并未闲着，他们在岩石的避风处燃起一堆熊熊的篝火，锅里正冒着热气。我们围坐成一圈，脚伸向火边，很快我们每人膝盖上的红陶汤盆里便盛满了鱼汤，外加两片黑面包。大家静静地吃着饭，一言不发，我们刚才在海上时浑身已湿透了，又饥肠辘辘，况且不远处还有一座墓地……

然而，当汤盆里的东西一扫而空之后，大家便点燃烟斗，开始聊上几句。话题自然又是“塞米扬特号”。

“可那船最终是怎么沉的呢？”我问船老大。他双手托着头，一副若有所思的样子，看着火苗。

“那船是怎么沉的呢！”善良的里奥奈蒂长叹了一声，回答道，“唉，先生，这事谁也说不清。我们只知道‘塞米扬特号’载着军队开赴克里米亚，出事前一天晚上，船从土伦出发时，天气就不好。到了夜里，天气变得更恶劣了。风雨交加，海浪滔滔，人们从未见过那么高的浪……早晨，风势略微弱了一些，但海浪依旧那么凶猛，此外，老天爷又下了该死的浓雾，四步之外连船舷灯都看不清……先生，人们没料到这浓雾竟隐伏着极大的危险……不过，这没关系，我猜想‘塞米扬特号’的舵板大概在上午时就掉了，因为浓雾总会散开，要是没有事故，船长绝不会驾船沉到这里。船长是一位出色的航海家，我们大家都认识他。他曾在科西嘉海域当了三年巡逻艇长，我别的不知道，可对科西嘉海岸却了如指掌，而他对这海岸的熟悉程度一点不比我差。”

“‘塞米扬特号’大概在几点钟沉没的呢？”

“可能在中午，对啦，先生，是正中午……天哪！那天海上大雾弥漫，正午时天暗得像黑夜一样……岸上的一名海关关员曾对我说，那天临近十一点半时，他从小屋里出来，准备再把护窗板拴牢一些，忽然，一股风把他的帽子吹跑了，他冒着被海浪卷走的危险，沿着海岸，连滚带爬地追他的帽子。您知道吧！海关关员都不富裕，一顶帽子还是很贵的。猛然间，这人似乎不经意地抬了抬头，见雾中朦朦胧胧有一艘不张帆的大船，这船已离他很近，正被狂风吹向拉维吉群岛海岸。这艘船开得极快，海关关员根本就来不及看清楚。然而，一切迹象表明这艘船就是‘塞米扬特号’，因为半小时之后，岛上的牧羊人听见岩石上发出……来，来，这位正是我所说到的那位牧羊人，让他自己跟您说吧……你好，帕隆博，过来烤烤火，别害怕。”

一位头戴风帽的人诚惶诚恐地朝我们走来，我见他围着篝火已徘徊了好一阵了，我还以为他是一名船员，因为我不知道岛上还有牧羊人。

这是一位患麻风病的老人，几乎是个白痴，不知他患的是哪一类坏血病，他的嘴唇肿得很高，样子十分吓人。我们解释了半天，他才明白我们的意图。于是，老人用手指托住患病的下唇，对我们讲述起来。出事那天，临近中午时分，他在棚屋中确实听到岩石上发出一声可怕的撕裂似的巨响。由于岛上到处是水，他无法出门，只是到了第二天打开门时，他才发现海滩上到处散落着被海水冲上岸的舰船的残骸和尸首。他被吓坏了，赶紧跑向自己的小船，到博尼法乔去找人。

牧羊人讲了那么多话，已疲惫不堪，他坐了下来，船老大接着说：

“是的，先生，正是这位可怜的老人跑来通知我们。他几乎被吓疯了，这个事件让他的大脑受了刺激。这也难怪，您想想看，六百名官兵的尸体横七竖八地堆在沙滩上，到处是碎木块和破布片……可怜的‘塞米扬特号’！……大海一下子将它撕得粉碎，碎得在残骸里都找不到整块的东西，牧羊人帕隆博费了好大的劲儿才找到一些破板子，围着他那茅草屋立起一道栅栏……那些遇难的官兵，几乎个个都已面目全非，肢体不全，真是可怕……见他们一排排地相互抓在一起，真让人心酸不已……我们找到了船长，他依然穿着那身戎装；随军牧师的脖子上挂着襟带；在小岛的一角，两块岩石之间，那小水手依然睁着眼睛，似乎还活着。不，他死了！据说没有一个生还者……”

船老大说到这里，停住了。

“当心，纳尔迪！火要灭了。”他喊道。

纳尔迪向火堆里扔了两三块涂着沥青的木板，篝火又旺了起来，里奥奈蒂接着说：

“在这件往事中还有更凄惨的事呢……在这次海难的前三周，有一艘小型巡航舰几乎在同一地点触礁沉没。这艘巡航舰和‘塞米扬特号’一样，也是开赴克里米亚，不过，那次我们把全体船员和舰上的二十名辎重兵都救了出来……您猜怎么着，这些可怜的辎重兵对他们所处的困境毫不在意！我们把他们带到博尼法乔，留他们在海运站内休息了两天……可他们的衣服刚干透，体力稍微恢复了一些，便又上路了，我们相互致意，互道平安！他们又回到了土伦，不久又被派往克里米亚……您猜他们上的是哪条船……先生，正是‘塞米扬特号’……我们找到了他们，全部二十个人，个个横卧在尸首堆里，就是在咱们此刻围坐的这个地方……一个蓄着小胡子、相貌英俊的队长，是个黄头发的巴黎人，我亲自把他抬走了，我曾安顿他在我家里休息过，他讲的那些故事曾让我们笑个不停……在这儿见到他，我这心里难过极了……咳！圣母啊！”

讲到这里，正直的里奥奈蒂十分动情，他磕掉烟斗里的烟灰，披上厚呢大衣，向我道了晚安……水手们又低声聊了一阵……然后，他们的烟斗一个接一个地熄灭了……谁也不说话了……老牧羊人也走了……船员们都睡着了，唯有我还在沉思着。

刚才听到的这一悲壮的故事依然在猛烈地撞击着我，我试图在脑海中重构那艘可怜的沉船，再现舰船沉没的这段往事，而这次海难的唯一见证者就是在天空中翱翔的海鸥。给我留下深刻印象的几个细节，身穿戎装的船长，随军牧师的襟带，二十名辎重兵的经历，这一切都会对我演绎这场悲剧有所帮助……我似乎看见护卫舰夜里从土伦港启程……它驶出港口。大海波涛汹涌，狂风呼啸不停，但船长是位骁勇的航海家，大家在船上也就放心了……

清晨，海面上起了大雾。人们开始感到不安。所有的船员都在舱面上，船长寸步不离舵舱……士兵们都被关在中舱，里面漆黑一片，又十分闷热。有几个士兵生病了，躺在行李袋上。船身颠簸得很厉害，人根本就站不住；大家一组一组地围坐在一起聊天，同时用手使劲抓住坐凳，说话时要大声喊才能听见。有人开始害怕了……大家都听着，这一带海域常常沉船，辎重兵这回可有的说了，可他们讲的事真让人揪心。特别是那位队长，巴黎人，总是开玩笑。他那玩笑让你浑身不自在。

“沉船！……那可太有趣了。权当洗一次冷水浴吧，然后，有人会把我们带到博尼法乔，还能在里奥奈蒂船老大家吃上乌鸫肉呢。”

所有的辎重兵都笑了起来……

突然，传来咔嚓一声……什么声响？怎么回事？……

“舵板掉了！”一个浑身湿透的水手，一边跑着穿过中舱，一边说道。

“祝大家一路顺风！”那位狂人队长喊道，但大家已笑不起来了。

甲板上一片混乱。大雾挡住了人们的视线。水手们惊恐不安地来回忙着，在雾中摸索着……舵板竟掉到海里了！船已无法操纵了……“塞米扬特号”在海上随风漂荡……正是此刻，那位海关关员见船漂过去，时值十一点半。护卫舰的前部发出炮声般的轰响……触礁了！触礁了！……完了，没救了，船搁浅了……船长下到他的舱室……过了一会儿，他又回到舵舱，穿上一身戎装，要死也得打扮得漂亮些。

在中舱里，士兵们焦虑不安，彼此相视无语……病人试图站起来……小个子队长不再笑了……这时，舱门打开了，随军牧师戴着襟带，出现在门口：

“孩子们，都跪下吧！”

所有的人都跪下了。牧师用宏亮的声音对面对死亡者祈祷。突然，传来一声可怕的撞击后的轰鸣，还有一声喊叫，唯一的一声喊叫，一声无边无际的喊叫，张开的手臂，紧挽的双手，恐怖的目光，死神的幻影像闪电一样从眼前闪过……

天哪！

就这样，我整夜都在沉思，追忆十年前那可怜的沉船的灵魂，在我的四周到处都曾散落着沉船的残骸。在远处的海峡中，暴风雨来势凶猛，营地的篝火在风中摇曳；我静静地听着小船在岩石脚下漂荡，听着荡船拽动缆绳的吱吱声。

海关职员[1]

我搭乘“艾米丽号”船从维西奥港启程，前往拉维吉群岛，这段航程真是凄凉悲怆，这是海关署的一艘旧船，只有半边设甲板，船上能遮风、避雨、挡海浪的只是一小间涂了沥青的甲板室，里面刚好能摆下一张桌子和两张小床。因此，天气恶劣时再看这些水手就更惨了。他们脸上淌着水，湿透了的粗布短装冒着热气，就像蒸汽浴室里的浴巾一样：隆冬季节，不管是白天，还是夜晚，这些不幸的人也照样得这么过，他们蹲在湿乎乎的凳子上，在有损健康的湿气里打哆嗦，因为船上不能生火，而且又时常靠不了岸……尽管如此，他们当中没有一个人抱怨。即使在最恶劣的天气里，我见他们也是那么心平气和，那么豁达开朗。然而，这些海关署的水手们过的是多么悲惨的生活呀！

他们大部分人都已成家，将妻子儿女留在陆地，他们自己却成年累月地在外飘荡，沿着如此险恶的海岸线逆风航行。他们只吃一些发了霉的面包和野葱头来充饥。从来没有酒，也没有肉，因为酒肉都太贵了，他们一年只能挣五百法郎！一年

[1] 本文最初发表于1873年1月11日的《公益报》上。——原注

五百法郎！你们以为海运站那边的茅草屋里大概会很黑暗，孩子们会赤着脚走路吧！……这都无所谓！所有这些人看上去都很高兴。在船尾甲板室的前面，放着一只盛满雨水的大木桶，船员们口渴时便取桶里的水喝。我记得这些可怜虫喝下最后一口水时，便晃晃手中的杯子，心满意足地发出“啊”的一声，这种惬意的表达方式既滑稽又令人感动。

这些人里最快活、最易满足的人是一个矮个子的博尼法乔人，名叫巴隆伯，他又黑又胖，整天唱个不停，即使天气不好时也要唱上两曲。当海浪愈来愈大，当低暗的天空飘着雪子时，所有的水手都扬起头，手握绳索，窥测着将要刮起的大风，这时，在全船的沉寂与不安中，响起了巴隆伯那平静的歌喉：

不，我的老爷
这让我受宠若惊，
莉塞特很……乖巧，
仍住在……乡间。

狂风在呼号，吹得吊索吱吱作响，吹得小船荡来晃去，船里也进了水，但这一切仿佛从未发生似的，这位海关关员照样不紧不慢地唱着他的歌。歌声在空中飘荡，就像在那浪尖上飞舞的海鸥一样。有时风的伴奏声太强了，歌词也听不清，但在每座浪峰之间，在哗哗的浪声中总能听到他那段副歌：

莉塞特很……乖巧，

仍住在……乡间。

可是，有一天风雨交加，我却没听见他的歌声。这也太奇怪了，我把头伸向舱外：

“喂！巴隆伯，怎么不唱歌了？”

巴隆伯没有应声。他一动不动，躺在长凳底下。我走近他身旁。他的牙齿在打战，浑身烧得发抖。

“他得了‘庞杜拉’病。”他的伙伴们忧伤地对我说。

这种他们称为“庞杜拉”的病，其实就是胸痛，或胸膜发炎。这昏沉沉的天空，这水淋淋的小船，这可怜的高烧病人裹着一件破旧的橡胶雨衣，雨衣在雨中闪亮，宛如海豹皮一样，我从未见过如此凄惨的情景。寒冷，大风，浪中的颠簸很快又加重了他的病情。他已烧得说胡话了，必须得靠岸了。

过了很长时间，费了九牛二虎之力，我们终于驶进一个荒凉而沉寂的小港，几只在空中盘旋的海鸟为这小港增添了一丝生气，这时天也快黑了。海滩周围高高地耸立着陡峭的岩石，四季常绿的灌木盘根错节，形成密密的丛林。下边紧靠海边处，有一所白色的小屋，护窗板都是灰色的，这就是海关办事处。在这片荒野之中，这座国有建筑物如同军帽一样被编上号码，那样子真有点阴森恐怖。我们把可怜的巴隆伯抬下船。这个收容所对病人而言真是太凄凉了，办事处的关员正和妻子及孩子们围在火边吃晚饭。这一家人都显得面黄肌瘦，眼睛睁得大大的，眼圈留着患热病的痕迹。那位母亲还很年轻，怀里抱着一个婴儿，她同我们讲话时，浑身还在发抖。

“这地方真是可怕，”监察员低声对我说，“我们不得不每两年调换一次工作人员。沼泽热病正吞噬着他们……”

但当务之急应赶紧找个医生，可在到达萨尔坦之前，也就是说，在六至八海里以内的地方是找不到医生的。怎么办？水手们已累得筋疲力尽了；让一个孩子去叫医生，可路途又太远了。这时女主人探身向屋外喊道：

“柴可！……柴可！……”

只见一个身材高大、体魄健壮的小伙子走进来，他头戴棕色羊毛毡帽，身披羊皮大衣，像个地地道道的偷猎者或打家劫舍的强盗。下船时，我已经注意到他了，他坐在办事处门口，嘴里叼着红色烟斗，腿间夹着一杆枪，但不知何因，见我们一来，他就逃走了。大概他以为与我们同行的还有警察吧。他进屋时，女主人脸上泛起一丝红晕。

“这是我表弟……”她对我们说，“像他这样的在丛林中迷了路也不会有危险的。”

然后，她指着病人，对他低声耳语了一句。小伙子点点头，一言不发；而后，他迈出屋门，吹口哨唤来他的狗，便出发了。他扛着枪，迈开两条长腿，在岩石上跳跃着跑走了。

这时，那些孩子们似乎被监察官吓坏了，很快就吃完了晚饭；晚饭很简单：栗子外加白奶酪，餐桌上总放着水，除了水没有别的！然而，要是能有一杯葡萄酒给孩子们喝该多好呀。咳，真是穷呀！

最后，母亲带着孩子们上楼去睡觉，父亲点燃了手提灯，到岸边巡查去了。我们留在火边看护病人，他躺在简陋的床上，不停地抽动，仿佛还在海上，饱受海浪的颠簸。为了减轻他的痛苦，我们将鹅卵石、砖块烘热，放在他的胸部。有一两次，我挨近他的床时，这位不幸的人认出了我，艰难地向我伸出手臂以示感谢，那是一只粗糙而又滚烫的手，热得像刚从火里取出的砖头……

凄凉的夜晚！外面，随着夜幕的降临，天气又变得险恶起来，海浪拍打岩石的撞击声，轰隆声，浪花的喷溅声此起彼伏，岩石与海水仿佛在激烈地交战。不时，外海刮过来的风一直冲进海湾，将我们的房子团团裹住。火焰猛然升高时，我们感觉到了这风势；火光突然照亮了水手那忧郁的面孔，他们围坐在壁炉房，平心静气地望着那火焰；浩瀚的大海和开阔的视野使他们惯于平和地看待一切。有时，巴隆伯也发出轻轻的呻吟，这时，所有的目光便会投向那角落，在那儿，可怜的伙伴正在与死神搏斗，远离亲人，无医无药；他的胸部已肿胀起来，叹息声也愈来愈粗重。这些有耐性而又顺从的海上工人，面对厄运所表露的真情就是这叹息声，没有反抗，没有罢工，仅仅是一声叹息，再没有别的什么！……不，我的结论下得太早了。他们当中的一名水手向火中添柴时，从我面前经过，痛心地低声对我说：

“先生，您看……干我们这行的，有时还真有这样或那样的痛苦！”

居居尼昂的神父[1]

每年圣蜡节，普罗旺斯的诗人们都要在阿维尼翁城出版一本喜庆的小书，书中充满隽永的诗句和有趣的故事。今年的这本书我刚收到，里面有一篇韵文故事，我试着给你们翻译出来，并作若干删节……巴黎人，把你们的柳条筐递过来，这次要给你们装的是普罗旺斯产的精白面粉……

马丁教士是……居居尼昂的神父。

他极其善良、坦诚，爱居居尼昂人就像父辈爱自己的子女那样，居居尼昂人要是稍微再让他满意些，那么对他而言，居居尼昂无异于人间天堂。但是，咳！蜘蛛已在他的神工架上织了网，而且，复活节的天气那么好，可圣体饼却原封不动地留在圣体盒里，为此，这位善良的神父心里难受极了，他总是祈求上帝发发慈悲，让他死前一定得把跑散的羊群领回羊圈。

不过，你们会看到，上帝确实听到了他的祈求。

一个星期日，在念完一段福音书之后，马丁先生登上了讲

[1]　本文最初发表于1866年10月28日的《事件报》上，原标题为“居居尼昂的神父马丁大师的训诫”。——原注

道台。

弟兄们，不管你们信不信，有一天晚上，我这个可怜的罪人来到天堂的大门前。

我敲了敲大门，圣彼得给我开了门。

“噢！是您啊，正直的马丁先生，哪阵风把您吹来了？……需要帮忙吗？”

“尊敬的圣彼得，您掌管天堂的花名册和钥匙，您要不嫌我爱打听，能否告诉我天堂里有多少居居尼昂人，行吗？”

“马丁先生，没什么不行的。请坐，咱们一起查查看。”

于是，圣彼得拿来一本厚厚的名册，将它打开，随后戴上他的眼镜。

“咱们查查，居居尼昂，是这个地名吧，居……居……居居尼昂。找到了。居居尼昂……正直的马丁先生，这一页全是空白，一个灵魂也没有……即使在火鸡肚子里能找到鱼刺，也不一定能找到一个居居尼昂人。”

“怎么会这样！居然这儿连一个居居尼昂人也没有？一个也没有？这不可能！您再好好查查……”

“一个也没有，我的圣人，您要以为我在开玩笑，那您自己查吧。”

我好可怜呀！我跺着脚，双手合一，祈求上帝发发慈悲。于是，圣彼得说：

“相信我吧，马丁先生，您别自找烦恼了，弄不好，您还可能会中风呢。这毕竟不是您的错。您想想，那些居居尼昂人肯定被关在炼狱里遭受磨难呢。”

“哎呀，您行行好，伟大的圣彼得！您想想办法，让我至少能去看看他们，安慰他们一下。”

“好吧，我的朋友……拿着，快穿上这双便鞋，因为前面很多路都不好走……穿上这鞋就好了……现在，您一直朝前走，您看那边，尽头的拐弯处，看见了吗？在您的右边……会发现一扇布满黑色十字架的银色大门……您去敲门，会有人给您开门……再见！多保重，振作点。”

我走呀……走呀！多难走的路呀！现在只要一想起那路，我就浑身不自在。我沿着一条荆棘丛生的小路走，路上到处都是闪闪发亮的红宝石，还有发出咝咝声响的毒蛇，一直走到银色的大门前。

嘭！嘭！

“谁呀？”一个嘶哑而又悲伤的声音问道。

“我是居居尼昂的神父。”

“哪儿的？”

“居居尼昂。”

“噢！进来吧。”

我走了进去。一个高大美丽的天使，正在一本巨大的名册上刷刷地写着，他背上的翅膀颜色很暗，就像漆黑的夜一样，可身上的衣袍却光彩夺目，宛如白昼一般，腰间系着一把钻石制成的钥匙，他笔下的那本名册可比圣彼得的那本厚多了……

“那么，您想要什么，还想问什么？”天使问。

“上帝美丽的天使，我想知道——我太好奇了——您这儿有居居尼昂人吗？”

“哪儿的……”

“居居尼昂人，就是住在居居尼昂的人……我是那儿的修道院院长。”

“噢，是马丁教士，对吧？”

“正是，愿为您效劳，天使先生。”

“您说的是居居尼昂……”

天使打开那本厚厚的名册，一页一页地翻着，不时用手指蘸点唾沫，好翻得更顺畅。

“居居尼昂，”他边说边长长叹了一口气……“马丁先生，在我们的炼狱里没有一个居居尼昂人。”

“耶稣！玛利亚！约瑟！炼狱里居然连一个居居尼昂人都没有！噢，伟大的上帝！他们到底在哪儿呢？”

“哎，圣人，他们在天堂里，您想让他们在哪儿呢？”

“可我刚从天堂出来呀……”

“您从天堂来！……结果怎么样？”

“结果嘛！他们不在那儿！……啊！善良的圣母呀！”

“这有什么办法呀，神父先生！要是他们既不在天堂，也不在炼狱，那也没有中间过渡地带呀，他们在……”

“圣十字架呀！耶稣，大卫之子呀！哎呀！哎呀！这可能吗？……难道圣彼得在撒谎吗？……可我并没听见公鸡啼叫呀？……咳！我们多可怜呀！如果我的居居尼昂人都不在天堂，将来我怎么进天堂呢？”

“您听我说，可怜的马丁先生，既然您想不惜任何代价弄清这一切，想亲眼瞧瞧这到底是怎么回事，那么您就走这条路，您要是能跑步，就跑起来。在您的左侧，会发现一个大门。在那儿，您会把一切都弄清楚，上帝会告诉您一切。”

说完，天使便关上了大门。

那条小路上铺满了烧得通红的木炭，路又特别长。我跌跌撞撞地走着，就像喝醉酒一样，每走一步都要跌倒一次；我浑身是汗，每一根汗毛上都沾着汗珠；我口渴得直喘气……但是，说真的，多亏有了善良的圣彼得借给我的那双轻便鞋，才不至于把脚烧坏。

我深一脚浅一脚地向前挪动，不知跌了多少跤之后，才在左侧看见一扇门……不，是一扇大门，一扇巨大的门，门虚掩着，宛如一座巨大烘炉的门。噢，孩子们，那里的场面可真够热闹的！那儿，没人问我的名字，也不用登记，一伙伙的人如潮水般涌进大门，弟兄们，就像礼拜天你们进酒馆那样。

我身上大汗淋漓，可却感到像冻僵了似的，浑身发抖，头发也都竖起来了。我闻见了焦煳味，铁匠埃洛瓦为一头老驴烙蹄子掌铁时，在居居尼昂上空闻到的就是这种煳味。这臭烘烘的烧烤味熏得我喘不过气。可怕的吼声、呻吟、哀号和咒骂声不绝于耳。

“喂！你到底是进还是不进？就是你！”一个头上长角的魔鬼一边用长叉子戳我，一边问道。

“我？我不进去。我是上帝的朋友。”

“你是上帝的朋友……哼！你这头上长疮的家伙！你到这

儿干吗来了？……”

“我来……咳！别提了，我都快累死了……我从……我从很远的地方来……鄙人斗胆问您……这儿……是否……碰巧……有……居居尼昂人……”

“啊！我的上帝！你在装傻充愣吧，你，就跟不知道似的，所有的居居尼昂人都在这儿呢。喂，丑乌鸦，你睁眼瞧瞧，看我们怎么安排他们，你的这帮声名狼藉的居居尼昂人。”

在那可怕的烈火之中，我看见：

身材高大的科克·加林，弟兄们，这人你们大家都认识，他经常喝得醉醺醺的，醉了就骂他妻子，那可怜的克莱伦。

我看见卡塔莉娜，这个矮小的妓女……鼻子微微向上翘着……独自一人睡在谷仓里……男孩子们，你们一定记得她！算了，她的事我已经说得太多了。

我看见帕斯卡·杜瓦德布瓦，他曾盗用朱利安的橄榄为自己榨油。

我看见拾麦穗的女人巴贝，为了很快把手中的麦穗打成捆，便大把大把地从麦垛上拽麦穗。

我看见格拉帕西师傅，他给自己的独轮车注那么多油。

还有多芬妮，她把自己家的井水卖得那么贵。

还有托尔迪亚尔，每次见我手持圣体时，总是躲得远远的，他头戴无檐帽，嘴上叼着烟斗……傲得尾巴翘到天上去了……见了我跟碰到狗似的。

还有古洛和他的妻子泽特，还有雅克，皮埃尔，托尼……

听众如芒刺在背，个个吓得面色苍白，发出阵阵哀叹声，仿佛在那敞开大门的地狱里看见哪个是自己的父亲，哪个是自己的母亲，哪个是自己的祖母，哪个是自己的姐妹……

善良的马丁接着说：

“弟兄们，你们已经感受到了，觉得这种状况再也不能继续下去了。我有拯救灵魂的义务，我要，我一定要把你们从深渊中拯救出来，你们所有的人都在朝深渊滑去，而且是头朝下滑去。明天，最迟不晚于明天，我就要大干一场。要做的事可太多了！我打算这么干。为了让一切进展顺利，我们要按部就班地去做，要一行一行有序安排，就像在荣吉耶尔跳舞那样。

明天是星期一，我将为老年人忏悔，没什么可说的。

星期二，为孩子们忏悔，很快就能结束。

星期三，为小伙子和姑娘们忏悔，时间会很长。

星期四，为男人忏悔，不等做完，我们就收场。

星期五，为女人忏悔，我想，不会有什么麻烦！

星期六，为磨坊主忏悔，为他一个人花上一天工夫不算太长！……

那么如果星期日能全部结束，我们会特别幸福。

孩子们，大家都明白，麦子熟了，就要收割；酒塞打开，酒就得喝尽。现在脏衣服太多，应该将其洗净，彻底洗净。

我祝你们得到圣宠。阿门！”

说干就干，大家把碱水洒在脏衣服上。

自从这个难忘的星期日之后，居居尼昂的好品德散发出馥郁的清香，并传播到方圆几十里的地方。

这位善良的牧师马丁先生满心喜悦，幸福无比；有一天晚上，他梦见自己攀上了通往上帝之城的光明大道，身后跟着他那群羊，排成威壮的列队，在明亮烛光的辉映下，在香烟缭绕的云霭中，在唱诗班颂扬上帝的赞美歌声中，他一步一步地向上攀。

这就是居居尼昂神父的故事，是行吟诗人鲁马尼耶要我讲给你们听的，而他又是从另一位善良的伙伴那里听来的。

老夫老妻[1]

“有信吗，阿赞神父？”

“有，先生……从巴黎来的。”

这位正直的阿赞神父对能收到巴黎的来信感到无比自豪……我却不然。我有某种异样的感觉，这封寄自让-雅克大街的巴黎来信，一大清早出人意料地落在我桌子上，大概又得让我赔上一天的工夫，果然不出我所料，大家不妨一读：

我的朋友，你得给我帮个忙。把你那磨坊关上一天，马上动身去埃吉耶尔……那是一座大城镇，距你家三四法里，权当散步吧。到了那儿，你就打听孤儿修道院。过了修道院的第一所房子是平房，护窗板是灰色的，屋后有个小花园。你直接进去，不用敲门，那房门总开着，进门后，你就高喊：“你们好，诚实的人！我是莫里斯的朋友……”这时，你就会看到两位身材矮小的老人，噢，他们真的特别老了，他们正靠在大座椅上向你伸出手臂，你要替我去拥抱他们，要诚心诚意地拥抱他们，就像他们是

[1] 本文最初发表于1868年10月23日的《费加罗报》上。——原注

你的亲人那样。然后，你们就在一起聊天，他们会跟你说起我，我就是他们的唯一话题。他们会讲许多荒唐事，你就听着，可千万别笑，记住了，千万别笑，好吗？……他们是我祖父母，将我视为他们的全部生命，但已有十年没见过我了……十年未见面是太长了！可又有什么办法呢？我在巴黎公务缠身，而他们又那么大年纪了……他们要是来巴黎看我，那么大岁数了，半路非摔坏了不可……我亲爱的磨坊主，幸好你在那边，在拥抱你的时候，可怜的老人会以为在拥抱我呢……我经常对他们说起咱俩的事，说起咱们之间的深厚友谊……

让这友谊见鬼去吧！那天恰好天气晴朗，但却不适宜走路，西北风太强，阳光太烈，是典型的普罗旺斯的天气。这封该死的信到我手里时，我本来早已在两块岩石之间选好一个僻静处，准备在那儿待上一整天，像只壁虎一样，尽情地沐浴灿烂的阳光，聆听松涛的吼声……但最终又有什么办法呢？虽然我满腹牢骚，可还是关了磨坊，把钥匙放在猫洞下，带上拐杖和烟斗，便上了路。

我到埃吉耶尔时已经快两点了。镇上空无一人，大家都到田里去了。林荫大道两边的榆树上挂满了灰尘，树上的知了在高声鸣唱着，与克鲁地区中心地带的蝉鸣无甚两样。在镇政府前广场上，一头毛驴在晒太阳；一群鸽子在教堂前的喷泉上空飞翔，竟然找不到一个人为我指明去孤儿院的路。幸好有一位老仙女突然出现在我眼前，她正蹲在门边的墙角里纺纱。我向她打听要找的地方，她魔力无穷，只抬手扬了扬纺锤，孤儿修道院即刻便神奇般地耸立在我面前……这是一座阴森黑暗的大房子，在拱形大门之上，威风凛凛地竖着一个红色陶土制的老十字架，上面刻着拉丁铭文。在这座大房子旁边，还有一所小房子。灰色的护窗板，屋后的小花园……我立即认出这所房子，没有敲门，径直走了进去。

一条凉爽、寂静的长长走廊，漆成粉红色的墙壁，透过浅色窗帘隐约可见的小花园；花园的倩影投在壁板上跳跃不已，那壁板上的花纹和小提琴图案已褪色发旧，这景致让我一生都难以忘怀。我仿佛走进塞丹纳时期某位老法官的宅院……走廊尽头的左侧，从一扇虚掩着的门里传出一座大钟那嘀嗒嘀嗒的钟摆声和一个孩童的稚声，是一个学童正在念书，每个音节都要顿一下：这—时—圣—伊—雷—纳—喊—道—我—是—上—帝—的—优—等—小—麦—我—必—须—让—这—些—动—物—的—牙—齿—磨—碎……我悄悄地朝那扇门走去，向里面望着……

在宁静、朦胧的小屋里，一个脸色红润，面部、双手布满皱纹的善良老人正坐在扶手椅上酣睡，他张着嘴，双手搭在膝盖上。在他脚下，一个小姑娘，身穿蓝色服装：蓝色大披风，蓝色的女童帽，全然一副孤儿院的装束，正在朗读圣伊雷纳的故事，那本书显得比她还大……女孩子那神奇的读书声已对整座房子产生魔一般的效果：老人在座椅里睡着了，苍蝇趴在天花板上，金丝雀栖息在那边窗台上的鸟笼里，就连那座大钟嘀嗒嘀嗒的声响也像打鼾似的。整个房间中唯有那一束宽大的光线还醒着，光线透过护窗板的缝隙直射进来，在室内朦胧的背景下白得耀眼，光束中涌动着无数生机勃勃的星尘，跳跃着数不尽的微生物……在这一片昏昏沉沉的气氛中，小姑娘神色凝重地继续朗读着：话—音—未—落—便—闪—出—两—只—狮—子—向—他—扑—去—将—他—吃—掉……恰好这时我走了进来……圣伊雷纳的狮子要是真的冲进这房间也不会比我更恐怖，这真是地地道道的戏剧性的突变！小姑娘惊叫一声，那本书落在地上，金丝雀和苍蝇都被惊醒了，大钟也当当地敲着正点，老人蓦地挺直了身子，惊愕不已，我自己也感到有些局促不安，便站在门口大声喊道：

“你们好，诚实的人！我是莫里斯的朋友。”

嗬！这时你要看见那可怜的老人就好了，他张开双臂朝我走来，拥抱我，紧紧握着我的双手，然后在房间里兴奋异常地跑来跑去，同时嘴里喊着：“我的上帝！我的上帝！……”你要能看见他这样子该多好呀！

他脸上所有的皱纹都绽开了，他满脸通红，说话也结巴起来：

“哦！先……先生，噢！先……先生……”

然后，他走到屋里边，喊道：

“玛麦特！”

门开了，走廊里响起脚步的挪动声……一定是玛麦特。真是没有比这老太太更漂亮的了：她个子不高，头戴饰着花结的无边软帽，身穿淡褐色的连衣裙，手里拿着绣花手帕，把我当成贵客，还是那种古老的迎客方式……令人感动的是他们俩竟然那么相像！要是戴上围巾与黄色的花结，别人大概也能把他当成玛麦特。只是那真的玛麦特一生中也许流过许多泪，因此脸上的皱纹更多。和老伴一样，她身边也有一个孤儿院的小女孩，也穿着蓝色披风，像个寸步不离的小侍从，老人由孤儿来照顾，这是人们所能设想的极为感人的举动。

刚一进门，玛麦特就先要给我施屈膝礼，但老汉一语将她的屈膝礼阻断：

“这是莫里斯的朋友。”

顿时，她浑身颤抖不已，哭了起来，手帕也掉了，脸上泛起了红光，通红通红的，比老伴的脸还红……这些老年人！他们已到了风烛残年，血管里恐怕也没有几滴血了，可他们稍一激动，那点血就会冲到脸上来……

“快，快，快搬把椅子……”老太太对身边的女孩说。

“打开护窗板……”老汉对他身边的女孩喊。

他们每人拉着我一只手，挪着碎步，将我拉到窗前，这时窗户已全部打开，就为了能好好看看我。大家将两把扶手椅并在一处，我拿了一把折叠椅坐在他们俩中间，那两个身着蓝披风的小姑娘立在我们身后，他们俩便左一句右一句地问起来：

“他身体好吗？他在做什么？他为什么不来呢？他幸福吗？……”问题一个接一个！竟然问了我好几个小时。

我呢，则尽全力一一答复他们所有的问题，把我所知的这位朋友的生活细节告诉他们，对不知道的事便大言不惭地胡编乱造，我过去从未注意他的窗户是否关好，也未留意他房间的壁纸是何种颜色，这回可别说漏了嘴。

“他房间里的壁纸嘛！……是蓝色的，夫人，淡蓝色，还装饰着花叶边呢……”

“真的？”可怜的老太太激动地说，她转过身对她丈夫补充道：“他真是个好孩子！”

“噢！是的，真是个好孩子！”老汉兴奋地重复道。

我说话的时候，两位老人之间不是相互点点头，心领神会地笑笑，就是相互递个眼神，露出狡黠的神色，再不然，老汉就凑到我耳边说：

“您大声点，她耳朵有点背。”

她也凑过来说：

“劳驾，请您再大点声！他听不清……”

于是，我提高了嗓门，两位老人朝我微微一笑，以示谢意。这微笑显得有些委顿，他们一直在我的眼睛深处寻找莫里斯的影像，而我却在向我投来的微笑中找到那模糊、朦胧，甚至几乎捉摸不定的影像，我真是万分激动，仿佛看见朋友正在远方、在浓雾中朝我微笑。

突然，老汉在座椅上挺直了身子：

“我想起来了，玛麦特，他可能还没吃早饭呢！”

玛麦特露出惊惶失措的样子，向空中伸出双臂：

“还没吃早饭呢！我的老天爷！”

我还以为他们是在说莫里斯，正要告诉他们这个好孩子绝不会等过了中午才吃早饭。但不是这么回事。他们在说我。当我承认确实饥肠辘辘时，他们便忙碌起来：

“小姑娘们，快摆餐具！把餐桌放在屋子当中，再铺上节日用的台布，要用花盘子。都别这么笑了，好了！快点吧……”

我觉得小姑娘们还真够快的，刚刚听到打碎了三个盘子，早饭已经备好了。

“给你准备了一顿丰盛的早餐！”玛麦特边说边把我引到餐桌前，“只不过您得一个人吃，我们早晨都已经吃过了。”

这些可怜的老人！不管你什么时候来找他们，他们都说早晨已吃过了。

玛麦特那丰盛的早餐是半杯牛奶，几颗椰枣，一块船形蛋糕，就是像松糕那类的糕点，这些食物足够她和金丝雀吃一个星期的，可我竟把这些食物一顿就吃光了！……餐桌周围的人都感到愤愤不平！小姑娘们相互碰碰胳膊，窃窃私语，那边笼子里的金丝雀似乎在说：“嗬！这位先生把那块船形蛋糕都吃了！”

我确实把那块蛋糕都吃了，可竟然毫无察觉，我只顾观察这间明亮而平静的房间了，屋内似乎荡漾着一种古香古色的气息……特别是有两张小床，我看了又看，可忍不住还要看，这两张床就像两个摇篮，我想象着，清晨天蒙蒙亮时，他们还卧在饰有流苏的帷幔之中，时钟敲了三下，老人通常都在这个时辰醒来：

“玛麦特，你还睡呢？”

“不，朋友。”

“莫里斯是个好孩子，对吧？”

“噢，对，是个好孩子。”

我只因瞧见这两张老人的小床靠得这么近，才想象出这段闲谈的场景……

就在这时，惊险的一幕出现在房间的另一端。柜橱的最上面放着一大瓶烧酒泡樱桃，这瓶樱桃是专为莫里斯泡制的，已经等了他十年，这次他们要为我打开，这不，老人要去拿这瓶樱桃。尽管玛麦特再三阻拦，可老汉执意要亲自把这瓶樱桃拿下来。他站上一把椅子，还使劲往上够，简直把他老伴吓坏了……你看到的是这样一番场景：老人颤颤巍巍地向上够，小姑娘们紧紧地扶住椅子，玛麦特站在他身后，喘着粗气，伸出双臂；从敞开的柜橱和一大堆棕红色的内衣里飘出香柠檬的淡香，又为这场景平添了一丝温馨的气息……真是妙不可言。

经过一番努力，老人终于把那瓶樱桃从柜橱顶处取了下来，这是一只保存了多年的大口瓶，还有一盏雕花的银杯，这盏杯子还是莫里斯小时候用过的呢。他们将杯子满满地装上樱桃，莫里斯就爱吃樱桃！老人一边为我装，一边露出贪吃的神色，伏在我耳边说：

“您可真有福气，您，能吃到这么好的樱桃，这是我太太做的，这东西好吃着呢。”

咳！这倒真是他太太做的，可她却忘了放糖。你又能怎么样！人老了，做事也就常常心不在焉了。可怜的玛麦特，您那樱桃真难吃……但这并不妨碍我将其全部吃光，连眉头都不曾皱一下。

吃完饭后，我起身向主人告辞。他们本想再多留我一会儿，再聊聊他们那好孩子，但天快黑了，而且磨坊离这儿又远，必须得走了。

老人和我同时站起了身。

“玛麦特，我的衣服！……我想把他一直送到广场。”

玛麦特心里肯定觉得天有点凉了，不好再送我到广场去了，但她什么也不表露出来，在拿来一件漂亮的、佩着贝壳纽扣的西班牙烟色外衣后，只是在帮他穿衣服时，我才听见这位可爱的贴心人温情地对他说：

“你不会回来得太晚，对吧？”

而他呢，却露出一副狡黠的神色：

“嗯！嗯！……我不知道……也许吧……”

说到这儿，他们俩相对一笑，小姑娘见他们笑也跟着笑起来，就连金丝雀也在角落里以它们的方式笑着……我觉得这烧酒泡樱桃的香味已让他们有了几分醉意，这事你知我知，别传出去。

我和老人走出家门时，天已黑了，蓝衣小姑娘远远地跟在我们后面，然后再把他领回去，但他却如同看不见她一样骄傲地挽着我的胳膊走着，俨然一副壮年人的气派。玛麦特则容光焕发地站在门口，一边目送着我们，一边优雅地摇着头，似乎在说：“我可怜的男人，他还能走路呢！”

散文诗[1]

今天早晨打开屋门时，我见磨坊周围结了一层厚厚的白霜，地上仿佛铺上一块巨大的白色地毯。野草闪闪发亮，发出碎玻璃的咔嚓声，整个小山岗都在瑟瑟发抖……只一天时间，我这可爱的普罗旺斯就被装点成北国风光了，于是在这结满霜花的松树林中，在这挂满水晶花束的薰衣草丛中，我突发奇想，写下了两篇日耳曼风格的散文诗，这时白霜不时向我反射着白光，宛如星星闪耀一般，在高处的晴空中，从海涅故乡飞来的群鹳排成三角形的队伍，向卡马尔格飞去，边飞边叫着：“天冷了……天冷了……”

一　太子之死

小太子病了，小太子快要死了……在王国境内的所有教堂里，日夜供奉着圣体，燃起巨大的蜡烛，以祈求太子康复，平安无事。宫廷旧宅第的街道显得凄凉、冷清，钟也不敲了，车辆缓缓地行驶……在宫廷周围，有些好奇的臣民透过栅栏，注视着那些大腹便便的瑞士籍卫兵，他们在宫廷大院里正神色凝

[1]　本文最初发表于1868年10月13日的《事件报》上。——原注

重地交谈着。

整个宫廷都显得极为不安……王室的侍从、总管沿着宫殿内的大理石台阶忙上忙下地跑着……宽大的走廊里满是年轻的侍从以及身穿绫罗绸缎的朝臣，他们在人群中来回走动，低声打探着消息。贵妃们跪在宽敞的石阶上，满面热泪，不停地用漂亮的绣花手帕拭去眼泪。

在温室植物园内，有许多身穿大褂的医生；透过温室的玻璃窗，能看见他们挥动着黑色的衣袖，一本正经地低着他们那戴着假发的头……小太子的太傅和侍卫官在门口踱来踱去，等待着太医的诊断结果。御膳房里的小厨师从他们身边经过时连个招呼也不打。侍卫官不停地诅咒，像个不开化的异教徒；太傅则在背诵贺拉斯的诗句……这时，从御膳房那边传来一声长长的悲伤的嘶鸣，是小太子的的栗色骏马被马夫遗忘了，正在空空如也的料槽前哀鸣。

那么，国王呢！国王陛下在哪儿呢？国王将自己孤零零地关在宫殿尽头的一间房里……陛下不喜欢别人看见他落泪；而王后呢，则是另一种情感……她坐在小太子的床头，美丽的脸颊上沾满了泪水，在众目睽睽下，高声地抽噎着，在这方面，她和一个平民纺织女无甚两样。

小太子躺在镶着花边的床上，脸色比他身下的褥垫还要白，他双目紧闭，安详地休息着。大家认为他睡着了，不，小太子并未睡着……他朝母亲转过身，见她在落泪，便对她说：

“母后，您为什么哭呢？难道您真的以为我快要死了吗？”

王后想回答，但她抽噎得说不出话来。

“别哭了，母后，您忘了我是太子，而太子是不会这样死去的……”

王后抽噎得更厉害了，小太子真的开始害怕了。

“好啦，”他说，“我不想让死神把我拽走，我会阻止它到这儿来……马上派四十名身强力壮的德国步兵来，守在我的床四周！……再调一百门大炮来，架在我窗下，昼夜护卫着，把引线也点燃！死神要是胆敢靠近我们，那它绝没有好下场！……”

为了满足小太子的愿望，王后打了个手势。顷刻间，就听见大炮在庭院内隆隆地滚动着，四十名身材高大的德国步兵，手持长矛环立在太子卧室的四周，这些老雇佣兵个个蓄着灰胡子。小太子看见他们高兴得拍起手来，他认出其中的一个，唤着那人的名字：

“洛兰！洛兰！”

雇佣兵朝床前跨了一步。

“我很爱你，我的老洛兰……让我看看你的大刀……如果死神要来抓我，就应该把它杀死，对吧？”

洛兰答道：

“是的，殿下。”

两颗大大的泪珠从他那黝黑的脸上淌了下来。

这时，神父靠近小太子，对他低声说了很长时间，还把一个钉着耶稣的十字架拿给他看。小太子露出非常吃惊的样子听他讲，而后突然打断他的话：

“您对我讲的我全懂，教士先生，可是如果给我的小朋友贝波许多钱的话，难道他不会替我去死吗？……”

神父继续低声对他说着，而小太子的神情却显得更加惊恐不安。

神父讲完后，小太子长叹了一声，接着说道：

“您刚刚讲的所有这些话听起来很凄渗，神父先生，但有件事让我感到宽慰，那就是即使在天上，在繁星的天堂里，我依然是太子……我知道仁慈的上帝是我的表兄弟，他必然会按我的身份来待我。”

然后，他转过身，面对他母亲又补充道：

“叫人把我最漂亮的衣服拿来，把我那件白鼬皮短上衣和天鹅绒便鞋都拿来！我要让天使瞧瞧，我是个勇敢者，我要穿着太子服进入天堂。”

神父再次向小太子俯下身，又低声对他说了很长时间……神父话未说完，小太子气愤地打断了他：

“那又怎么样，”他喊道，“那么当个太子不就一钱也不值了吗？”

小太子什么也不想听了，朝墙壁转过身，伤心地哭起来。

二　区长下乡

区长先生要出门巡视。前有车夫，后有随从，区政府的四轮马车载着他威风凛凛地向“仙女斜谷”地区竞赛会驶去。为了这个难忘的日子，区长先生上穿他那件漂亮的绣花礼服，头戴小礼帽；下穿镶着银带子的紧身裤，腰间佩一把手柄嵌着贝壳的宝剑……膝上还放着一个轧花皮革制的大公文包，他望着这公文包，脸上挂着一副忧伤的神色。

区长先生之所以忧伤地望着这公文包，那是因为他正冥思苦想，推敲他那篇非同寻常的演讲稿，过一会儿，他还得向“仙女斜谷”的村民们讲话呢：

“先生们，亲爱的村民们……”

他搜索枯肠，不停地捻着他那淡黄色的颊髯，嘴里反复说着：“先生们，亲爱的村民们……”重复了足有二十遍，但他白费力气，演讲的下文依旧是白纸一张。

这下文怎么就接不上呢……这马车里也太热了！在法国南部炎炎的烈日下，通往“仙女斜谷”的大路上扬起的尘埃一眼望不到边……空气像着了火一样……道边的榆树叶上蒙上了一层白色的粉尘，成百上千只蝉在树间鸣唱，相互呼应……区长先生猛然打起颤来。在那边小山坡脚下，他瞥见一小片郁郁葱葱的橡树林仿佛在向他招手。

这片翠绿的橡树林似乎在说：

“区长先生，您到这儿来，在我的树荫下准备演讲稿，那是再好不过了……”

区长先生动了心，从马车上跳了下来，要随从们等着他，他要到翠绿的小橡树林中准备他的讲稿。

翠绿的小橡树林中有鸟，有紫罗兰，还有在纤细的小草下流淌的泉水……当它们看见身穿漂亮短裤，手拿轧花皮革公文包的区长先生时，鸟们都害怕了，动听的啾鸣也停了下来；泉水也不敢出声了；紫罗兰也躲进草地里去了……这个小小世界的所有生灵从未见过区长，它们悄声打听这位体面的大人物究竟是什么人，他穿着镶银带的短裤到这儿来做什么。

在树荫下，这些小生灵们低声打听这位穿着镶银带的短裤、体面的大人物是何方人士……与此同时，区长先生对这片清新、宁静的小树林真是大喜过望，他撩起衣服下摆，将礼帽放在草地上，在一棵小橡树下的苔藓上坐了下来，然后将放在膝上的轧花皮革公文包打开，抽出一张公文纸。

“他是艺术家！”黄莺说。

“不对，”灰雀说，“他不是艺术家，因为他穿着镶银带的短裤，他倒更像个王子。”

“真的更像王子。”灰雀重复道。

“他既不是艺术家，也不是王子，”一只老夜莺打断了它们俩的谈话，它曾在区政府的花园里整整鸣唱了一个季节……“我知道他是谁，他就是区长！”

整个小树林都在交头接耳，议论纷纷。

“他是区长！他就是区长！”

“他的头顶秃得真厉害！”一只大羽冠云雀向大家提醒道。

紫罗兰寻思着：“他到底坏不坏？”

“他坏不坏？”紫罗兰高声问道。

老夜莺答道：

“他一点也不坏！”

这样，大家就放心了，鸟儿又开始啾鸣起来，泉水也流淌了，紫罗兰又散发出香气，仿佛区长先生根本就不在这儿……

处在这美妙动听的声响中，区长先生却无动于衷，一门心思祈求主管农事的女神给他点灵感，他举着铅笔，装腔作势地开始朗读：

“先生们，亲爱的村民们……

“先生们，亲爱的村民们，”区长又换成演讲的腔调说……

一阵笑声打断了他，他转过身，只见一只大啄木鸟正栖在他的礼帽上，带着笑意望着他。区长耸了耸肩膀，想接着演讲下去，可啄木鸟再次打断他，从远处向他喊：

“有什么用呢？”

“怎么！有什么用？”区长说道，满脸涨得通红；他挥手赶走了这只放肆的啄木鸟，又更加起劲地说：

“先生们，亲爱的村民们……”

“先生们，亲爱的村民们……”区长更起劲地说起来。

这时，小紫罗兰也向他伸过花枝，温柔地对他说：

“区长先生，您能闻到我们的香味吗？”

泉水也在苔藓下为他奏起了神曲；一群黄莺飞来落在他头顶的树枝上，为他鸣唱最动听的曲子；整个小树林齐心协力来阻止他准备演讲稿。

整个小树林齐心协力来阻止他准备演讲稿……区长先生被浓郁的香气熏醉了，被动人的乐曲冲昏了头，竭力想从身陷其境的新诱惑中挣脱出来，但却白费力气。他卧在草地上，脱下他那漂亮的衣服，又磕磕巴巴地说了两三遍：

“先生们，亲爱的村民们……先生们，亲爱的村……先生们，亲爱的……”

然后，他把众村民通通抛到了九霄云外，主管农事的女神只好蒙上了面纱。

蒙上你的面纱吧，啊，主管农事的女神！……一小时后，区长的随从们对主子的处境不安起来，纷纷走进小树林，他们却被眼前的场景惊得连连倒退……区长先生衣冠不整地趴在草地上，像个流浪的吉卜赛人。他脱掉了上衣……区长先生正一边嚼着紫罗兰，一边编造他的诗句呢。

毕克休的皮包[1]

十月的一天早晨，那是在我离开巴黎的前几天，我正在吃早饭，一个衣衫褴褛的老头来到我家，他迈着罗圈儿腿，浑身沾满了泥巴，驼着背，两条长腿颤颤巍巍的，活像一只褪了毛的鸬鹚。原来是毕克休。是的，巴黎人啊！正是你们的毕克休，是那个既冷酷又迷人的毕克休，是那个善于舞文弄墨的嘲讽者。十五年来，他的抨击文章和漫画曾让你们那么的欣喜若狂……咳！不幸的人，他竟然如此贫困！他进门时，要不是做出那鬼脸，我还真认不出来他呢。

他歪着头，将手杖放在嘴里叼着，就像在吹单簧管。这位大名鼎鼎而又可怜兮兮的爱开玩笑者一直走到屋子中央，撞上了我的饭桌，他用悲伤的语气说：

“可怜可怜一个穷瞎子吧！……”

他装得太像了，我禁不住大笑起来，但他却冷冰冰地说道：

“您以为我在开玩笑，看看我的眼睛吧。”

他朝我转过身，露出两只白白的眸子，但却看不到一丝

---

[1]　本文最初发表于1868年11月17日的《费加罗报》上。——原注

目光。

“我的眼睛瞎了，亲爱的，我的余生就要瞎着过下去……这就是用硫酸盐写东西的结果。正是干这个行当才烧坏了眼睛，而且这次是彻底烧坏了，连眼睛上边都烧着了！”他边说边让我看那被烧焦的眼皮，真是连一根眼睫毛都没有了。

这真让我心绪不宁，不知对他说什么好。我的沉默大概使他感到极为不安：

“您在工作吗？”

“不，毕克休，我在吃早饭。您也一起吃一点儿吗？”

他没有回答，但他的鼻孔在微微翕动，我清楚地看出他非常愿意和我一起吃饭。我拉住他的手，让他坐在我身边。

在给他端饭的时候，这个可怜的家伙使劲地嗅着，并轻声笑道：

“这闻着真香呀。我要美美地吃一顿。我已经好长时间不吃早饭了！每天早晨花一个铜板，买一块面包，边吃边往各个部跑……因为，您知道，我现在就是到各个部去跑，这是我唯一的职业。我想弄个烟草专卖店……这有什么办法呢！家里总得有的吃吧。我画不了漫画了，也写不成文章了……向别人口述？……可这怎么行呢？……我脑子里空空如也，也编不出东西来……我的职业就是看巴黎人的鬼脸，然后去模仿，可现在却干不了这一行了……于是，我就想开一家烟草专卖店，当然不是开在繁华的林荫大道边上。我是无权得到这种恩惠的，因为我既不是舞女的母亲，也不是曾嫁给过高官的寡妇。不！我只想在外省开一家小店，在很远的某个地方，开在浮日省的某个角落里。我将用个巨大的陶瓷烟斗做招牌，我的小店就叫汉斯或泽代，就像埃克曼-夏特里昂[1]小说中人物的名字一样；我一边拿同代人的作品做包装烟草的锥形纸袋，一边宽慰自己别再写东西了。

“这就是我的全部要求。要求并不高，对吧？……但要达到目的，真是难上加难……然而，要说靠山吗，我还真不缺，过去我也是个头面人物。我曾在元帅家用过膳，到王爷府上也做过客，在各个部长家也吃过饭，这些人都想请我去，就为我能逗他们开心一乐，再不然就是他们怕我。现在谁也不怕我了。咳！我这眼睛！我这双可怜的眼睛！王府官宅也不请我了，饭桌上坐着一个瞎子该多扫兴呀……请您把面包递给我……哎！这帮强盗，为了这倒霉的烟草专卖店，他们竟让我赔上了血本。半年以来，我拿着申请书跑遍了所有的部门机关。早晨，有人正给办公室点火生炉子，或在院子的沙地上为部长遛马时，我就到了部里；天黑了，直到有人送来大灯笼，厨房里已散发出香味时，我才离开……

“看来我的余生要在候见室的木箱上度过了。那些门房都认识我了，真的！在内政部，他们叫我‘这位善良的先生’，而我呢，为了得到他们的关照，就给他们做文字游戏，或者在他们的吸墨纸角上，一笔勾画一个大胡子，逗得他们哈哈大笑……曾有过二十年辉煌成就的我竟然落到这种境地，这就是

[1] 埃克曼-夏特里昂是法国作家艾米尔·埃克曼（1822—1899）和亚历山大·夏特里昂（1826—1890）共用的笔名，两位作家创作了一系列描写阿尔萨斯风情的小说。

艺术家一生的结局！……真想不到在法国对我们的职业羡慕不已的孩子竟有四万之众！真想不到每天从各省开出一列火车为我们运来一群群笨蛋，他们竟热衷文学，迷恋那些印着种种流言蜚语的小册子！……啊！沉缅于幻想之中的省城，毕克休的悲惨遭遇要能给你们作为前车之鉴该多好呀！”

说到这儿，他低下头，嗅嗅菜肴，便大吃大嚼起来，一句话也不说。看他吃饭的样子，真叫人心酸。每分钟，他不是掉面包，就是掉叉子，手摸索着去拿杯子。可怜的人！他还未养成习惯呢！

过了一会儿，他又说道：

“其实，对我而言，还有更可怕的事呢，您知道吗？那就是再也不能看报纸了，真得干这行才能理解这一点……有时，晚上回家时，我买一份报纸，就为了闻闻那潮乎乎的纸张的气味，嗅嗅报上的最新消息……真是好闻！可就是没人念给我听！我太太完全可以给我念，但她却不肯：她借口社会新闻栏目里有些消息让人难以承受……咳！这帮旧情妇，一旦结婚，就再也找不到比她们更会假装正经的女人了。自从嫁给我之后，她竟然以为非得变得更加虔诚才好，可凡事总得有个度吧！……这不是吗，她曾想用塞莱特的圣水擦我的眼睛！还有什么圣面包、募捐、圣童，为中国孤儿捐款，谁知道还有什么乱七八糟的东西？……这些善事都要把我们淹没了……其实，给我念报不正是一件善事吗？可她就是不愿意……要是我女儿在家，她肯定会念给我听。但自从我瞎了之后，我就把她送到艺术圣母院去了，这样还可以少养一口人……

“我这女儿呀，也真是够让我操心的！她还不到九岁，但却什么病都得过。真是不幸！可她还长得特别丑！比我还丑，说得难听点……简直是个怪物！这又有什么办法呢！我只会造孽呀……跟您讲讲我的家史，对我还是有益的。可这些事和您又有什么关系呢……算了，再给我点烧酒吧。我还得振作起来，过一会儿，我还得到教育部去，要让那儿的门房和颜悦色地待你还真不容易。他们过去都是老师呢。”

我给他斟了杯烧酒。他一小口一小口地抿着，一副动情的神态……突然，不知何种念头触动了他，他站了起来，手持酒杯，摆动他那像盲蛇一样的头，向四周环顾了一番，面露微笑，仿佛就要登台演讲，然后，就像在一个二百人参加的宴会上对众人训话那样，他用刺耳的嗓音喊道：“为艺术、为文学、为新闻干杯！”

以此为开端，他这祝酒词便一发不可收拾，整整讲了十分钟，这真是一篇最疯狂、最优美的即兴之作，这个小丑的脑子可从未出过这么精彩的作品。

你们不妨设想一篇题为《一八六＊年的文学地位》的年终专稿，它历陈我们那些所谓的文学集会，那些不痛不痒的闲扯，那些无谓的争论，那些怪诞世界的滑稽之事，这个世界宛如发出墨水臭味的厩棚，好似低矮的地狱，人们在里面相互厮打，残杀，掠夺，讲私利、谋发财胜过斤斤计较的小市民，可那里被饿死的人还是比别处的多；它尽数我们所有的可耻行为，所有的苦难；那位热衷于摇彩的T君，是位老男爵，他手捧木钵，身穿浅色外衣到王宫去讨饭；还有年内过世的人，轰轰烈烈的葬礼，千篇一律的悼词："亲爱的亡人！可怜的心肝！"这悼词为一不幸的人所作，可活着的人竟不愿为他购置墓地；还有那些自杀者，那些变成疯子的人。这个惯于做鬼脸的天才在讲述那一切时，不但描述精辟，而且还打着手势。你们不妨对这一切作一番设想，便会对毕克休的即兴之作有个概念。

祝酒词结束了，酒杯也空了，他向我询问了时间，带着一副愤世嫉俗的神态，连声招呼也不打就走了……也不知杜鲁伊[1]的门房那天上午对他的到访如何看，但在这可怕的瞎子走了之后，我清楚地知道我这一生从未感到如此忧伤，如此心潮起伏。我的墨水瓶让我恶心，我的笔使我感到恐怖，我真想跑到远远的地方去，去看看树林，感受一些美妙的东西……多么刻骨铭心的仇恨呀！我的上帝！多么深的敌意啊！竟然要诽谤一切，败坏一切！咳！这个倒霉蛋！……

我怒气冲冲地在房内来回踱步，觉得他在谈起自己女儿时因厌恶而发出的冷笑始终在我耳边回荡。

突然，在瞎子曾坐过的椅子旁，我感到脚下踢到了什么东西，俯身一看，认出那是他的皮包，一个闪闪发亮的大皮包，皮包的几个角都磨破了。这包从未离开过他，他还笑称这是他的毒液之袋。这个袋子在我们这个圈子里堪与吉拉尔丹先生[2]那辈声报界的卡片相齐名。大家都说那袋子里有许多令人生畏的

[1] 杜鲁伊（1811—1894），当时法国的教育部长。

[2] 吉拉尔丹（1806—1881），当时法国报界的名人。

东西……这倒是个让真相大白于天下的好机会。这个旧皮包里的东西塞得太满了，掉在地上时就裂开了，所有的文件都散落在地毯上，我得一份一份地拾起来……

有一摞写在花信纸上的信，信的开头都写着：

亲爱的爸爸，

下面署名：

塞丽娜·毕克休，玛利亚之子。

还有许多治疗小儿疾病的旧药方：假膜性喉炎，痉挛，猩红热，麻疹……（可怜的小姑娘可真是一个病也躲不掉！）

最后是一个盖了封印的大信封，从里面露出两三缕金色卷发，就像从小女孩的软帽下露出的一样，信封上写着几个颤巍巍的大字，显然是盲人写的字：

塞丽娜的秀发，剪于5月13日，她进那里的那一天。

这就是毕克休皮包里的东西。

好了，巴黎人，你们全是一路货。厌恶，讥讽，恶毒的嘲笑，残酷的玩笑，而最终的结果竟然是：

塞丽娜的秀发，剪于5月13日。

金脑人的传说[1]

——献给想听开心故事的夫人

夫人，读着您的来信，我感到非常内疚。其实我早就怨恨自己，为何写出感伤色彩如此浓郁的小故事。今天，我决意献给您一篇喜庆的小文，一篇极为喜庆的小文。

可我为何会忧伤不已呢？我远离巴黎的浓雾有上千里之遥，住在一座阳光明媚的小山岗上，那地区以盛产长鼓和麝香白葡萄酒而闻名。我家周围日日沐浴着明媚的阳光，处处可聆听优美的乐曲。我有白尾鸟乐队，有山雀合唱团。清晨，杓鹬便“咕！咕！”地叫着；中午时分，蝉在咝咝鸣唱；而后，便是牧童们那悠扬的短笛声，还有从葡萄园里传来的褐发美女那爽朗的笑声……说真的，忧心忡忡的人到这儿来实在是选错了地方，我倒真该献给夫人们一些色彩亮丽的诗篇，一些风流优雅的故事。

但我却做不到！我还是离巴黎太近了。巴黎每天都将它所经受的忧伤传给我，一直传到我的松树林里……甚至就在我写这几行字的时候，我刚获悉可怜的夏尔·巴巴拉辞世的噩耗，

[1] 本文最初发表于1866年9月29日的《事件报》上。——原注

我的磨坊已为他守孝。杓鹬、蝉儿再见了！我无论如何也高兴不起来……夫人，正因为如此，我答应过的那篇妙趣横生的小故事您又听不到了，您今天听到的依然是个忧郁的传说。

从前有一个人，长着一副金脑子，是的，夫人，他的整个脑子都是纯金的。他出生时，医生认为这孩子活不长，因为他的脑袋那么重，脑壳又那么大。但他活了下来，而且在阳光下茁壮地成长起来，就像一株美丽的橄榄树那样，只是他那个大脑袋总是拖累他，他走路时不是碰这件家具，就是撞上那件家具，看了真叫人心疼……他还常常摔倒在地。一天他从台阶上滚下来，额头撞到一级大理石台阶上，头颅发出金属般的声响。大家以为他死了，但将他扶起时，却发现他只擦破点儿皮，两三滴金珠般的东西凝结在他那金黄色的头发里，这样，他父母才得知孩子长着一副金脑子。

大家一直严守着这秘密，可怜的孩子一点儿也未察觉出来。不时他也会发问，为什么家人不让他和街上的孩子们一起疯跑。

“别人会把你拐走的，我的宝贝！”母亲答道。

于是，这小男孩非常害怕被人拐走，便一声不吭地回家，独自一个人玩，吃力地从这个房间挪到那个房间……

只是当他年满十八岁时，父母才向他揭示了这一命运赐给他的禀赋。他们将他抚养成人，哺育至今，只要他头上的一点儿金子作回报。孩子毫不犹豫，即刻从头里拽出一大块金子，至于怎么拽出来的，用的何种方法，传说中没有讲清，拽出的那块金子如核桃般大，他非常自豪地将金子投到母亲的膝上……他脑子里装的财富让他感到飘飘然，欲望使他疯狂，他的能量令他陶醉，他离开父母，到世界各地挥霍他的财富去了。

凭他这种挥霍无度、一掷千金的生活方式，人们以为他那金脑子是取之不尽的……但它还是枯竭了，他的眼睛渐渐地失去了光泽，面颊也逐渐凹陷下去。终于有一天，经过又一夜疯狂的放荡之后，早晨他独自面对一桌残羹剩饭，面对逐渐暗淡的灯光，对因挥霍而使金库造成巨大的缺口感到惊恐万分：该是住手的时候了。

从此，他开始了新生活。他过着离群索居的生活，靠自己的双手去劳动；他多疑、胆怯，更像是个吝啬鬼；他竭力避开种种诱惑，让自己忘记上天赐予他的这笔财富，他再也不能动它了……不幸的是，一个朋友在他孤立无援时跟上了他，而且还知道他的秘密。

一天夜里，可怜的金脑人猛然醒过来，觉得头痛得要命，他慌忙坐起来，借着月光，他看见那位朋友一边向外逃，一边往大衣里藏着什么东西……

又被人拿走了一点儿脑子！……

此后不久，金脑人坠入爱河，但这次他是彻底完蛋了……他爱上了一个娇小的金发女郎，爱得死去活来，她也很爱他，但她更喜欢绒球，喜爱白羽饰和镶在靴子上的漂亮的金褐色的流苏。

金币一落入这娇小的美人手里便融化得一干二净，为这位像鸟儿那样快活，像布娃娃那样可爱的美人花钱真是一种乐趣。她非常任性，而他呢，从来不会说一个“不”字；为了不让她伤心，他至死都未透露他这笔财富的可悲的秘密。

“我们真的特别有钱吗？”她问道。

可怜的人回答道：

“噢，是的……很有钱！”

他深情地对这只蓝色的小鸟微笑着，尽管她侵吞他的金脑子并非出于恶意。然而，有几次他还是感到非常害怕，他也真想当个吝啬人，可这娇小的女人蹦跳着向他扑来，对他说：

“夫君，您真有钱！给我买点名贵的东西吧……”

于是，他便为她买了一些名贵的东西。

这样持续了两年。后来，一天早晨，不知何种原因，这位娇小的女人竟像一只小鸟那样死了……财宝也快枯竭了，鳏夫用他那所剩无几的财宝，为亲爱的亡人办了一次盛大的葬礼。丧钟轰轰地鸣响着，沉重的四轮马车都蒙上了黑纱，骏马也披上了羽毛饰，丝绒布上绣着银珠，可这一切在他眼里都失去了美感。现在他那些金子留着又有何用呢？……他把金子给了教堂，给了抬棺木的脚夫，给了售花圈的商贩，走到那儿给到那儿。

因此，当他从墓地出来时，他那神奇的金脑子几乎全空了，唯有头颅的内壁上还残存着几小片金子。

这时，他走上街头，一副惘然若失的样子，双手向前伸着，跌跌撞撞地走着，像个醉汉。到了晚上，商店里灯火通明时，他停在一个不大的橱窗前，橱窗里的各种布料和首饰在灯光下闪闪发亮；他在橱窗前站了好长时间，两眼盯着那双镶着天鹅羽毛的蓝缎面靴子。“我知道这双靴子会让谁高兴。”他笑着自言自语道。他竟然不记得那娇小的女人已故去，还是走进店里把靴子买了下来。

女商贩正在店铺的后堂深处，猛然听见一声尖叫，她从后面跑过来，见一个男人斜靠在柜台上，站在她面前，用呆滞的目光痛苦地看着她，女商贩不由惊得倒退了几步。他一只手拿着那双镶天鹅羽毛的蓝色靴子，另一只手血淋淋的，指甲里尽是刮下来的金子碎屑。

夫人，这就是金脑人的传说。

尽管这故事貌似荒诞，但这个传说从头至尾都是真实的……全世界到处都有穷苦人，他们不得不凭自己的脑子来生活，他们将自己的骨髓和脑汁换成美丽的纯金，以支付生活中所需的针头线脑。对他们而言，这是每天都要经受的痛苦，那么当他们不再想忍受痛苦之时，就……

诗人米斯特拉尔[1]

上星期日起床时，我竟以为身处福布尔-蒙马特大街的寓所里呢。

屋外下着雨，天空灰蒙蒙的，磨坊里也阴沉沉的。在这寒冷的阴雨天里，我怕待在家里。猛然间，生出一念：到弗雷德里克·米斯特拉尔家暖和一下，这位大诗人住在距我的松林三法里[2]的地方，在一个位于玛亚纳的小村子里。

说走就走，我拿了一根香桃木棍，装上我那本蒙田的书，再带上一条毛毯，便上了路。

田野里空无一人……在我们这个信奉天主教的美丽的普罗旺斯，星期日要让土地静息……只把看家狗留在家中，农庄也都关了门……路上不远处有一辆运货的马车，雨水顺着篷布往下淌；稍远一些，有一个头戴风帽的老太太身披枯叶色的斗篷；更远处，几匹披着盛装的骡子，背蒙蓝白两色草编的马披，头顶红色绒球，颈挂银铃铛，正一路小跑，拉着一车农庄

[1] 本文最初发表于1866年9月21日的《事件报》上，原标题为《翌冬之书》。——原注

[2] 法国从前的长度单位，一法里约合四公里。

上的人去做弥撒；那边，透过薄雾远远望去，只见运河上漂荡着一只小船，渔夫正站在船头撒网……

那天在路上可真看不了书了。大雨倾盆，北风一刮，似乎将那雨水整盆地泼在你脸上……我一刻不停地紧忙赶路，走了三个小时后，终于看见了那片小柏树林，玛亚纳就隐没在那片树林中，以抵御风的侵袭。

村里的街道上连一只猫也看不见。大家都做弥撒去了。我经过教堂时，蛇形管风琴正嗡嗡地轰鸣着。透过彩色花玻璃，我看见大蜡烛那闪动不已的烛光。

诗人的住所在村子的最里端，就是圣雷米大道左侧最后那座房子。这是一幢二层小楼，楼前有一个小花园……我悄悄地走进去，一个人也没有！客厅的门关着，可我明明听见里面有人走动，有人高声说话……那脚步声和说话声我都很熟悉……我在这用石灰粉刷的小甬道上停了一会儿，我握住门把手，兴奋异常。我心跳不已，他在家。他在工作……是不是待他将这首诗写完呢？……咳！管他呢，还是进去吧。

噢！巴黎人，当这位玛亚纳的诗人来到你们这里，并将巴黎写入他的长诗《米蕾耶》之中；当你们见他一身城里人打扮，出入各个沙龙：颈上套一条硬领，头戴一顶让他感到极不自在的大帽子，就像那些荣誉让他不自在一样，你们以为这就是米斯特拉尔……不，那不是他。世界上只有一个米斯特拉尔，就是上星期日我到他村子里突然造访的那一位，他歪戴着毡帽，身穿礼服，未穿马甲，腰系一条加泰罗尼亚的红腰带，眼睛炯炯有神，脸上激情横溢；他面带慈祥的微笑，更显气宇轩昂；他一身帅气，宛如希腊牧人；他双手插在口袋里，一边踱着大步，一边吟着诗句……

“怎么！是你啊？”米斯特拉尔喊了一声，扑到我面前，拥抱着我，“你到这儿来真是个好主意！……今天恰好是玛亚纳村的节日。我们能听到阿维尼翁的音乐，看斗牛，观列队仪式，跳法朗多拉舞，那真是美极了……我母亲去做弥撒，一会儿就回来，咱们先吃午饭，然后，嘿！再去看漂亮姑娘们跳舞……”

就在他对我说话时，我动情地看着这间小客厅，厅里装饰着色彩明亮的挂毯，我已很久未见到这间客厅了，我曾在此度过美好的时光。一点都没变。还是那个黄格长沙发，两把藤制扶手椅，壁炉上放着无臂维纳斯和阿尔勒维纳斯的塑像，摆着埃贝尔为诗人画的肖像和艾蒂安·卡尔雅为他拍的照片。靠墙的角落里放着一张写字台，是类似税务员用的那种可怜的小办公桌，上面摆满了旧书和字典。在写字台正中间，一个厚厚的本子打开着……是《卡朗达尔》，那是米斯特拉尔的新诗集，将在今年的圣诞节那天出版。这部诗集米斯特拉尔已整整编写了七年，仅最后这一首诗，他就写了将近半年，然而他还是不敢脱稿。你们知道，诗中总有某个诗节要润色，总有更洪亮的声韵待选用……尽管米斯特拉尔用普罗旺斯语创作了他的诗篇，可他却反复润色那些诗句，仿佛大家都会去读这用方言写就的诗文，以感激他所付出的辛勤劳动……啊！勇敢的诗人，蒙田的这段话用来评论米斯特拉尔倒更贴切：

你们还记得那个人吧，有人问他为某种艺术付出如此大的心血，而这艺术却不被人所识又有何用，这时，他答道："有极少的人了解就够了，哪怕只有一个人，甚至无人了解也够了。"

我手捧那本《卡朗达尔》诗集，一页页地翻着，不由心潮澎湃……突然街上响起了短笛和长鼓的乐声，那乐声就来自窗前，这时米斯特拉尔跑到柜橱前，拿出杯子和酒瓶，将桌子拉到客厅中央，一边为乐师们开门，一边对我说：

"别笑……他们是来为我奏晨曲的……我是市参议员。"

小屋里即刻挤满了人，大家把长鼓放在椅子上，将旧旗子放在屋角里，便拿起烧酒传着喝起来。在为弗雷德里克先生的健康祝酒后，大家喝光了几瓶酒，后来又庄重地聊起今年的节日，法朗多拉舞是否像去年那样美，斗牛是否顺利。乐师们起身告辞，又到其他参议员家奏晨曲去了。这时米斯特拉尔的母亲回来了。

饭桌很快就摆好了，桌上铺了白台布，摆了两套餐具。我了解他家的习惯，当米斯特拉尔有客人时，他母亲就不上桌陪客……可怜的老太太只会讲普罗旺斯方言，同法国人交谈感到很不自在，况且，她还得在厨房里照应着。

天哪！那天的午饭简直丰盛极了：一大块烤羊羔肉，山区奶酪，葡萄汁酱，无花果，麝香葡萄，再佐以醇美的"教皇新堡"葡萄酒，这美酒倒入酒杯时呈一种晶莹剔透的玫瑰色。

午饭快结束时，我去找那本诗集，把它拿来放在米斯特拉尔的面前。

“我们说过要出去的。”诗人笑着说。

“不行！不行！……得念一段《卡朗达尔》！”

米斯特拉尔让步了，他亮开那柔和而又优美动听的嗓子，一边用手打着诗歌的拍节，一边吟诵着诗集的第一段：

一个为爱情而疯狂的姑娘，我已讲述了她那悲惨的遭遇，若上帝愿意，我将咏颂卡西斯的男孩——那个捕鳀鱼的可怜的小渔夫……

外面响起了晚祷的钟声，广场上燃起了鞭炮，短笛和长鼓的乐声一遍又一遍地在街上回响着，被驱赶的卡马尔格的公牛哞哞地叫着。

而我呢，这时正将双肘撑在台布上，眼里噙着泪花，聆听着那个普罗旺斯小渔夫的故事。

卡朗达尔不过是个渔夫，但爱情使他成为英雄……为赢得女友的芳心，女友就是那美丽的艾丝特蕾尔，他做出许多惊天动地的大事，海格立斯的十二项伟业与之相比也会黯然失色。

一次，他一门心思想使自己富起来，便发明了许多奇特的捕鱼工具，将海里所有的鱼都网到港口内。还有一次，奥利乌勒峡谷那伙可怕的强盗，就是塞维朗伯爵那帮人被他追杀得四处逃窜，他将伯爵连同他的喽啰和姘头们的老窝都给端了……

卡朗达尔真是一个厉害的小伙子！一天，在圣博姆，他碰到两伙人在雅克大师的墓前摆开架式要决一死战，请注意，这雅克大师也是普罗旺斯人，所罗门神庙的结构就出自他手。卡朗达尔站在双方的大木叉中间，对他们晓以大义，平息了这场纠纷……

都是超人的非凡业绩！……在吕尔山的山崖间，有一片雪松林，但却没有上去的路，樵夫们也都不敢上去。但卡朗达尔上去了。他在那儿独自待了三十天。在这三十天内，他一斧一斧地砍着粗壮的树干。雪松林在悲鸣，巨大的古树一棵一棵地倒下了，滚入山谷的深处。卡朗达尔下山时，山上连一棵雪松也没有了……

这位渔夫做出如此辉煌的功绩，作为回报，他得到了艾丝特蕾尔的爱，卡西斯的居民任命他为执政官。这就是卡朗达尔的故事。其实不管是卡朗达尔还是别的人物都没关系，重要的是，这诗集表现了普罗旺斯，那有着浩瀚的大海和高耸的山峰的普罗旺斯；叙述了它的历史，它的风俗，它的传说，它的风景；描绘了这个纯朴、自由的民族，这民族在灭亡前终于找到了本民族伟人的诗人……现在，你们去铺铁路，竖电线杆，将普罗旺斯语从学校里清除出去吧！但普罗旺斯将在《米蕾伊》和《卡朗达尔》中永生。

“诗已经吟得够多的了！”米斯特拉尔边合上诗集边说，“应该去看看我们这儿的节日活动。”

我们走出屋门，全村人都在街上。一阵北风将天空吹得一干二净，碧空在雨后湿漉漉的红瓦的辉映下显得更加明亮。我们到时，宗教列队刚好回来……这支列队里有戴风帽的修士，白衣修士，蓝衣修士，灰衣修士，蒙面女子社团；这支列队整整走了一个小时，好像看不到尽头一样，他们举着绣着金花的粉色彩旗，抬着彩绘的木制圣像和手执花束的彩陶圣女像，这圣女倒更像一个偶像；他们穿着无袖长袍，捧着圣体显供台，簇拥着绿绒华盖和用白丝饰框的耶稣受难像缓缓行进；所有这一切都在随风飘摆，烛光和阳光在列队里交相生辉；圣诗、祷文一直伴随着列队，当然还有那当当的钟声响彻整个村庄。

列队仪式结束了，圣像也被抬回了各自的小教堂，我们就去看斗牛，然后到麦场上去看杂耍，角斗、三级跳、勒猫游戏、跳羊皮袋以及所有在普罗旺斯节日上能看到的有趣的游戏。我们回到玛亚纳时，天已经黑了，在广场上，在米斯特拉尔今晚将与他的朋友齐多尔聚会的小咖啡馆前，人们已燃起了熊熊的篝火……人家在准备跳法朗多拉舞，剪纸灯笼在各阴暗处烁烁闪亮，年轻人也都坐好了；过了一会儿，随着一声鼓响，大家便围着篝火疯狂而又热烈地跳起舞来，而且非得跳个通宵不可。

晚饭后，我们已经很累了，不想再出去跑了，便上了二楼米斯特拉尔的卧室。这是一间俭朴的农家居室，里面摆着两张大床：墙上没有贴壁纸，天花板上的椽子都露在外面……四年前，当文学院颁给《米蕾伊》的作者三千法郎奖金时，米斯特拉尔夫人曾生出一念。

“要不要给你的房间铺上地毯，天花板也装上吊顶呢？”她对儿子说。

“不要！不要！”他回答道……“这是诗人的钱，咱们不能动。”

因此，这间卧室依然是间毫无装饰的坯房，但只要诗人的这笔钱未花完，到米斯特拉尔家来敲门求助的人就会发现这钱袋总是敞开的……

我把诗集《卡朗达尔》带到了卧室，想在就寝前再让他给我朗读一段。米斯特拉尔选了彩陶那一节，那情节大意是这样的：

不知在何地曾举办过一次盛大的宴会，主人将一套漂亮的穆斯捷产的彩陶餐具摆在餐桌上。每只盘子上面都用蓝色釉彩画着一个普罗旺斯的人物，将这一地区的全部历史浓缩于盘面上。真该看看诗人在描述这些彩陶时倾注了多深的爱，每一只盘子便是一个诗节，一首首小诗构成这幅诗篇，那是靠朴实的劳作所创作，是他智慧的结晶。诗篇刚一收尾，仿佛泰奥克里特绘就的一幅小图画便呈现在眼前。

那优美动听的普罗旺斯语其实八成就是拉丁语，过去皇后都会讲，而今唯有牧人才能听得懂，当米斯特拉尔用这方言吟诵他那诗文时，我从内心里钦佩这个人，想起他面对自己母语那衰落的处境，想起他为振兴母语所做的一切，我不禁在脑海里想象着博亲王占旧宫殿中的某一座，就像在阿尔比伊山上所见到的那样：屋顶没有了，台阶两侧的护栏也没有了，连窗户上的玻璃都没有了；拱顶上的三叶饰折断了，门上的雕花被苔藓吞噬掉了；母鸡在宫殿的主院里啄食，猪懒洋洋地卧在走廊的小圆柱下，毛驴在杂草丛生的祭台处啃着青草，鸽子栖在盛满雨水的圣水缸边饮水。在这残垣断壁中，两三家农户在宫殿两侧盖起了窝棚。

后来，有这么一天，这些农户中的一个儿子喜爱上了这堆废墟，对这宫殿惨遭亵渎而气愤不已。他赶紧把牲畜赶出了主院，见他一个人左右操劳，仙女们也赶来帮助。他重建了大楼梯，在墙面上装了细木护壁板，窗户上也安了玻璃，将钟楼竖了起来，又把御座粉刷了一遍，将昔日教皇和皇后居住的大殿修葺一新。

这座被修复的宫殿，就是普罗旺斯语。

这个农户的儿子，就是米斯特拉尔。

三遍小弥撒[1]

——圣诞节的故事

一

“真的有两只香菇火鸡，加里古？”

“是的，尊敬的神父，两只塞满香菇的肥大的火鸡。我知道是怎么做的，因为那香菇还是我帮忙塞的呢。那火鸡肚子里塞得满满的香菇，皮都撑起来了，仿佛一烤就要烤裂了似的……”

“耶稣-玛利亚！我特别爱吃香菇！……快把我那白色法衣拿来，加里古……塞火鸡的时候，你在厨房里还看见了什么？”

“噢，各种各样好吃的东西……从中午到现在，我们一直在给锦鸡、羽冠鸟、棒鸡、大松鸡褪毛，弄得到处都是羽毛……后来，又从池塘里捞了许多鳗鱼、金鲤鱼、鳟鱼，还有……”

“鳟鱼有多大，加里古？”

[1] 本文最初发表于1876年，被编入《月曜日故事集》。——原注

“有这么大，尊敬的神父……大极了！……”

“噢，天哪！我好像全看见了……你把酒倒进酒壶里了吗？”

“是的，尊敬的神父，我把酒倒进酒壶里了……天哪，这酒可比一会儿做完弥撒您要喝的那酒逊色多了。您要是在爵府餐厅里看见那酒就好了！所有的长颈瓶里都装满了各种颜色的酒……还有银制的餐具，摆在餐台中央的银制雕花托盘，各种鲜花，枝形大烛台！……从未见过这么大排场的圣诞晚宴。侯爵大人还邀请了附近所有的头面人物，参加盛宴的至少有四十人，还不包括大法官和公证人……啊！尊敬的神父，你荣幸地排在被邀之列！……我只闻了一下那美味的火鸡，那香菇味便挥之不掉……嗨！……”

“好啦，好啦，我的孩子，咱们还得提防着这贪吃的恶习，特别是在这圣诞之夜……快去点燃大蜡烛，然后去敲第一遍弥撒的钟声，因为马上就到午夜了，咱们可千万别耽误了……”

这是公元一六××年的圣诞节之夜，巴拉盖尔神父和加里古之间的对话。巴拉盖尔神父曾任巴尔纳比特修道院院长，现被特兰戈拉热教区的领主们聘为管理小教堂的神父，加里古是他的贴身小教士，至少他认定加里古就是他的贴身小教士，因为你们很快就会发现，那天晚上，这小教士那圆圆的脸，轮廓模糊的容貌其实正是魔鬼所扮，就是为了引诱欲念缠身的神父，逼他犯下可怕的贪吃之罪。因此，当所谓的加里古（嗯！嗯！）使劲敲着小教堂的钟时，尊敬的神父在爵府的小圣器室里已穿好了他的无袖长袍，小教士对那些美食的描述已让他心绪不宁，他一边穿着长袍，一边自言自语地重复着：

“烤火鸡……金鲤鱼……那鳟鱼有这么大！……”

外面，夜风呼呼地刮着，将那钟声吹散到各处。旺都山顶上高高地矗立着特兰戈拉热的旧钟楼，山两侧的阴暗处渐渐燃起了束束亮光，原来是佃户人家要来爵府听午夜弥撒。‘他们三个一群、五个一伙地唱着歌，沿着山路往上攀。父亲手提灯笼走在最前面，女人们身上裹着褐色的大斗篷，孩子们紧紧地贴在她们身上御寒。尽管天色已晚，气候寒冷，但所有这些老实人仍旧兴高采烈地走着，一想起像往年一样，做完弥撒后，下面厨房里已摆上了桌子供他们吃喝，他们就来了精神。在这难走的山路上，不时有位老爷的四轮马车从他们身边经过，车前还有人举着火把照亮，马车玻璃在月光的映照下闪着寒光，间或还有一头毛驴，晃着响铃，一路小跑而来，借着透过薄雾的风灯灯光，佃户们认出他们的法官，并纷纷向他致意：

“晚上好，晚上好，阿尔诺东先生！”

“晚上好，晚上好，我的孩子们。”

夜空明晃晃的，星星在寒冷中愈显灿烂；北风刺骨，细细的雪子从外衣上滑过，并未将衣服打湿，雪子如期而至，保持了白雪圣诞节的传统。山坡高处耸立着爵府城堡那雄伟的楼塔和厚厚的山墙，小教堂的钟楼直刺墨蓝的夜空，星星点点的亮光不停地闪烁着，在各个窗前来回晃动着，在建筑物灰暗背景的衬托下，宛如在纸灰中飞舞的火星……走过吊桥和城堡的暗道，还需穿过前院才能到小教堂里去，院子里停满了马车、轿子，还有许多仆从，整个院子被火把和厨房里的旺火照得通明。厨房那边不时传来转动烤肉铁叉的叮当声、翻动炒锅的嘈杂声，准备饭菜时玻璃器皿和银制餐具的碰撞声；伴随着这锅碗瓢勺交响曲的是一股股温热的蒸汽，散发着烤肉的香味和调味汁中浓郁的香草气味；对佃户、对牧师、对法官及对所有人而言，这意味着：

“做完弥撒之后，我们的圣诞之宴该多么丰盛呀！”

二

丁零零！……丁零零！……

午夜弥撒开始了。爵府城堡里的小教堂俨然就是一座微型大教堂，交叉型的拱顶，橡木护壁板，一直装饰到与墙同高；教堂里壁毯已张挂完毕，所有的大蜡烛都已点燃。嚯，这么多人！个个都是衣着华丽！在最前面的是特兰戈拉热的领主老爷，他身穿橙红色塔夫绸礼服，坐在神职人员的祷告席上，他周围坐着应邀而来的高贵的领主，唱诗班也被围在祷告席内。在他们的对面，老侯爵夫人和特兰戈拉热的年轻的贵妇坐在丝绒蒙面的跪凳上。那位享有亡夫遗产的老侯爵夫人身穿火红色的织锦缎长袍，而这位少妇则戴着一顶饰有凹凸花纹边的帽子，这还是法国宫廷最新潮的服饰呢。再往后就是法官托马斯·阿尔诺东和公证人安布鲁瓦先生，这两位都穿着黑衣，头戴尖形假发，脸刮得极干净；在色彩亮丽的丝服和镂花彩绘的锦缎的衬托下，他们俩倒更像两个低音符。再往后，是那些胖胖的总管，侍从、马倌、管家，还有芭尔博太太，她把所有的钥匙拴在一个银制的细链上，挂在腰间。那些小办事员、女仆、佃农和他们的家人坐在最后一排板凳上。最后，紧挨着小教堂大门的是那些厨房里的小学徒，他们打开门缝，张望一下，便又悄悄地关上；他们忙里偷闲来领略一下做弥撒的气氛，同时也把晚宴的香味带进了教堂；这教堂里真是充满了节日气氛，那些燃烧的大蜡烛将教堂烘得暖乎乎的。

难道只因瞧见了这些白色的厨帽，主祭神父就心不在焉了吗？其实倒不如说是加里古的铃声在起作用，这疯狂的小铃在祭坛深处狠命地摇着，似乎总是在说：

“快点，快点，我们早一点结束，就早一点用餐。”

事实上，这魔鬼般的铃声每响一次，神父便将弥撒抛到了脑后，只想着这圣诞晚宴。他想象着那些在嬉笑的厨师，想象着那燃着熊熊火焰的炉子，想象着从半开的锅盖下冒出的热气，想象着在这热气里有两只肚里塞得满满的、皮撑得紧紧的、烤上香菇花纹的肥大的火鸡……

他仿佛还看见侍从们排着队，手里端着那诱人的、冒着热气的盘子鱼贯而过，他和他们一起迈进宴会大厅，那里一切都已准备就绪了。嗬！真香呀！这张大桌子上摆满了食物，令人眼花缭乱：有开屏的孔雀，展开金翅的锦鸡，红宝石色的酒瓶，堆成金字塔状的挂着绿枝的鲜水果，还有加里古（噢，对，是加里古）所说的那些美妙的鱼，它们摆在垫着茴香的盘子里，鳞光闪闪，好似刚从水中捞出来一样，鲜鱼的大鼻孔里还塞了一束香草。这些美食的幻象是那么生动，巴拉盖尔先生觉得这些香喷喷的菜肴全摆在他面前那祭台的绣花台布上。因此，有两三次，他猛然发觉该说“上帝与你同在”时，却念起了餐前祝福经的首句祝词。除了这微小的失误外，这位受人尊敬的人物在宣讲祭礼时还是尽心竭力的。他没有跳过一行字，没有漏掉一次跪拜，直至第一遍弥撒结束时，一切还算进展顺利，可是你们要知道，在这圣诞节之夜，主祭大人要连续主持三遍弥撒呢。

“一遍了。”神父自忖着，舒心地叹了口气，然后便一刻不停地向他的贴身教士，或这位他认定是自己的贴身小教士示意，要……

丁零零！……丁零零！……

第二遍弥撒开始了。巴拉盖尔先生的罪过也就随着这弥撒开始了。

“快，快，我们得快点。”加里古那尖锐的小铃声似乎对他叫着，而这一次，这位倒霉的主祭完全被贪食恶魔征服了。他冲向弥撒经本，带着饕餮般的食欲贪婪地吞噬着那一页页经文。他狂乱地弯下身，又立起来，草草地画一下十字，做一下跪拜，主持弥撒时该做的动作能减则减，就为尽早结束这仪式。他刚把手放在《福音书》上，便顿足捶胸地念起《悔罪经》来。他和小教士比着看谁念得快。经文领读得快，应答的颂歌唱得更快，结果相互重叠碰撞在一起。念经文的人连嘴也不张，经文也不念全了，这太耽误时间了，到后来，这经文竟在含混不清、不知所云的低语声中结束了。

请众同祷，祷……祷……祷

我已知罪，罪……罪……罪

两个人在这拉丁经文里乱扑腾，就像性急的收葡萄者，使劲将葡萄往酿酒桶里压，把那遭受亵渎的经文溅得到处都是。

“Dom……scum！……”巴拉盖尔念道。

“……Stutuo！……”加里古回应道。那该死的铃声时时刻刻在耳边响着，宛如系在驿马颈上的铃铛，让马拼命地跑起来。你们想想，照着这个速度念经文，一遍小弥撒当然很快就被打发了。

“两遍了！”神父气喘吁吁地说。接着，他不容自己喘口气，便红着脸，淌着汗，从祭坛上跌跌撞撞地滚下来，然后……

丁零零！……丁零零！……

第三遍弥撒又开始了。现在距餐厅只有几步之遥了。可是，咳！随着圣诞晚宴的临近，不幸的巴拉盖尔先生感到自己已馋涎欲滴，焦躁的等待正使他变得疯狂，他的幻想愈来愈强烈，金鲤鱼、烤火鸡就在那里，在那里……他摸着它们了……他摸……噢！上帝呀！菜肴在冒着热气，酒在散发着香味，于是他晃动着自己身上那疯狂的铃铛，此时此刻，小教士那小铃铛似乎也在朝他喊着：

“快，快，再快点！”

可他怎样才能更快呢？他的嘴唇几乎连动都不动，也不念出声来……除非下狠心蒙蔽善良的上帝，故意给他漏掉那弥撒的祷文……他就是这么干的，这个可耻的家伙！……那食欲的诱惑愈来愈强，他先跳过一节祷文，然后又跳过两节。“信徒书信”太长了，他不等把它念完便越过去，然后似蜻蜓点水般掠过《福音书》，从《信经》前一闪而过，跳过《天主经》，远远地与弥撒的“序诵”打个招呼，在急奔和跳跃中落入永世不得翻身的地狱之中，他身后一直跟着那可耻的加里古（滚开吧！撒旦。）。加里古心领神会般地辅佐着他，帮他撩着无袖长袍，为他快速地翻着经文，恨不能两页两页地翻，将阅经台挤到一边去，打翻了洒圣水壶，而且不停地摇着那个小铃铛，愈摇愈响，愈摇愈快。

真该看看所有听弥撒的人那惊恐万状的样子！他们不得不随着神父的手势做弥撒，可这弥撒的祷文他们却一个字也没听见。一些人刚站起来，另一些人又跪下了；一些人刚坐下，另一些人又站了起来；听众席上众人在同一时刻竟做出不同姿态，将这场奇特弥撒的所有步骤都展现在一个画面上。正在天国之路上奔走的圣诞之星，在远远的天际，在那小小的驴厩处，看到这混乱的弥撒场面也会大惊失色……

“教士念得太快了……我们都跟不上了。”老侯爵夫人一边晃着她的头饰，一边无所适从地嘟囔着。

阿尔诺东先生鼻梁上架着一副宽大的钢框眼镜，在那祷文里寻找，看到底念到哪一段了。但实际上，所有这些老实人也在想着那顿圣诞晚宴，他们对这似快马传旨般速度的弥撒并不感到气恼。因此，当喜形于色的巴拉盖尔先生转身面向听众竭尽全力喊出“走吧，弥撒已圆满结束”时，整个小教堂回响着一个声音：“感谢上帝”，这声音如此欢悦，如此动听，大家竟以为已在餐桌上觥筹交错，把盏祝酒了。

三

五分钟后，领主们已在大厅里落座了，神父也裹在其中。爵府城堡上上下下灯火通明，到处回响着歌声、喊声、笑声和喧闹声，可敬的巴拉盖尔先生正将他的叉子扎进松鸡的一只大翅膀里，将他对贪吃之罪的悔恨之情淹没在教皇葡萄酒和味美香浓的肉汁之中。他不停地吃呀，喝呀，这可怜的圣徒竟然在午夜里一命呜呼，连忏悔都未来得及做。接着，到了早晨，他来到仍处在欢乐气氛中的天国，我让你们去想他登门时所受到的礼遇。

“从我眼前滚得远远的，你这无耻的基督徒！”我们大家的主宰、至高无上的审判者对他说，“你这大德大智的一生被这贪吃之罪给毁了……咳！那次午夜弥撒你还蒙骗我……好吧，你得付出再做三百次的代价，在你那小教堂里，当着受你误导而落入歧途的众人之面，再做三百次圣诞弥撒，只有这样，你才能进天堂……”

……这就是关于巴拉盖尔神父的真实传说，这一传说在这橄榄的故乡流传甚广。如今，特兰戈拉热的城堡已不复存在，但那小教堂却一直矗立在旺都山的山顶上，周围是一片翠绿的橡树林。山风吹打着小教堂的破门，杂草湮没了教堂的门槛；鸟儿在祭台的角落、在高窗的窗口处筑起了巢穴，高窗上原有的彩色花玻璃早已没了踪影。然而，每年圣诞节似乎都有一种超自然的光在这废墟里游荡；在做弥撒或吃圣诞晚宴时，农民们便会远远地瞥见这个小教堂的幽灵，在露天里燃烧的隐形大蜡烛风雨无阻地映照着这幽灵。你们觉得这好笑那就笑吧，但当地的一位葡萄种植者曾亲口对我讲过这事，他叫加里格，大概是加里古的后代吧。在一个圣诞节的夜晚，他们喝得有点醉醺醺的，在特兰戈拉热那一带的山中迷了路，他讲的正是他亲眼所见……直到夜间十一点时，一点动静都没有。万籁俱寂，没有一丝光，没有一点儿生气。到了半夜，钟楼顶上的排钟突然响起来，那是一种非常古老的排钟，钟声仿佛来自十法里以外的地方。过了一会儿，加里格在上山的路上看见点点火光在闪动，还有模模糊糊的影子也在移动。在小教堂的门廊下，人们不停地走动着，低声说着话：

"晚上好，阿尔诺东先生！"

"晚上好，晚上好，我的孩子们！……"

当大家都进到小教堂里之后，这位勇敢的葡萄种植者蹑手蹑脚地凑过去，透过破门向里张望着，一幕奇特的场景展现在他眼前。那些他眼瞧着从他身边经过的人正围坐在祭坛四周，静坐在那已成废墟的大殿里，仿佛那些古老的长凳依然摆在大殿上。他们当中有身穿织锦缎、头戴花边帽的漂亮太太，有从头到脚衣着华丽的老爷，还有穿着花礼服的农民，就像我们的祖父辈所穿的那样，所有人都老气横秋，憔悴不堪，身上灰蒙蒙的，满脸的倦态。那些常住在小教堂里的夜禽被亮光惊醒后，不时在大蜡烛周围盘旋，那蜡烛的火焰既笔直又模糊，好像在一层纱布后面燃着似的。最让加里格开心的是那位戴着钢框大眼镜的人物，他不停地晃动他那盘得高高的黑色假发，原来一只小鸟在假发里绊住了爪子，正笔直地栖在那上边，静静地拍打着翅膀。

在大殿深处，一位身材矮小的小老头跪在祭坛当中，正拼命地摇着一只铃铛，那铃铛上没有铃，也不会发出声响；与此同时，一位身着金色旧长袍的神父正在祭台前来回踱着步子，嘴里吟诵着祷文，但谁也听不见一个字……这正是巴拉盖尔神父，正在念第三遍小弥撒的祷文。

橙子[1]

——幻想曲

在巴黎，街上卖的那些橙子外观都是惨兮兮的，好似从树上落下来后再拾起来才卖的。在这多雨、寒冷的隆冬时分，这橙子运到你们这儿时，它那艳丽的果皮，它那过浓的香气，使它显得很古怪，有点吉卜赛人的味道，它那浓香在这崇尚清香的地区显得有些不合时宜。在那雾蒙蒙的夜晚，这些橙子凄惨地堆在手推车上，让人沿街叫卖，一盏昏暗的红纸灯笼给它们照着亮。一个单调而又尖细的吆喝声伴随着它们，但还是被隆隆的马车声，被公共马车的轰响淹没了：

“瓦伦西亚的橙子，两个铜板一个！”

对四分之三的巴黎人而言，这种圆圆的毫无特色的水果虽然摘自远方，但更像出自糖果厂或来自做蜜饯的店铺，因为橙树留给它的唯一痕迹便是那翠绿的小果蒂。它身裹丝制包装纸，逢年过节都能看到它的身影，则更加深了人们对它的这种印象。特别是临近一月时，成千上万的橙子被摆上了街头，橙子皮被乱扔在阴沟的污泥里，这不禁让人浮想联翩：某种巨大

[1] 本文最初发表于1873年6月10日的《公益报》上。——原注

的圣诞树将其枝干上的假水果纷纷摇下来，落在巴黎的街上。在每一个角落里都能看见橙子的踪影：在明亮的橱窗里，它被选来当作点缀；在监狱和救济所门前，它和一包包饼干和成堆的苹果放在一起；在舞场和周日剧场的入口处，它又成了人们的休闲食品。它那清新的香味与瓦斯的气味、刺耳的提琴声、剧场高层楼座长凳上的灰尘混杂在一起。人们竟然忘了得有橙树才能出产橙子，因为当橙子整箱整箱地从南方运到我们这儿时，那些在温室里越冬的橙树，经剪枝、改造、乔装打扮后，才在公园里露出娇容，而且一年露面的时间又十分短暂。

要想更好地认识橙子，就该到它的产地去看看，到巴利阿里群岛、撒丁岛、科西嘉岛和阿尔及利亚去，到有着碧蓝天空、金色太阳、气候温和的地中海去。我想起来了，在布利达山口地区，有一片小小的橙树园，在这园子里，那橙子可真是漂亮极了！在那闪着光泽、绿油油茂盛的叶片中，橙子闪着彩色玻璃般的光泽，似乎将周围的空气染上了金色，将所有亮丽的鲜花罩在它那光彩夺目的光环之下。在林中的片片空地上，透过枝叶的空隙可以看到小城的城墙，看到清真寺的尖塔和伊斯兰教徒墓地的圆顶，还能看见那雄伟的阿特拉斯山，山脚下郁郁葱葱，一片翠绿；山顶上则是皑皑的积雪，像盖着一件白白的皮草，山峦连绵起伏，山那边似乎飘着片片雪花。

一天晚上，我当时正在那里，在这个冬季只下白霜的地区，三十年来难得一见的白雪竟纷纷扬扬地落在这酣睡的城市上，真不知如何解释这奇异的景象，布利达一觉醒来，已变成白雪皑皑的城市。在阿尔及利亚这如此清新、如此纯净的空气中，白雪就像贝壳的粉末，反射出似孔雀羽毛的光泽。然而最美丽的还是这片橙树林。坚实的树叶依然挂着厚厚的雪，那雪就像放在漆盘上的冰激凌。所有蒙着白雪的水果都给人一种壮丽的光滑感，一种柔和的光泽，仿佛闪闪发光的金子被蒙上一层透明的白纱。这一切给人一种在教堂里举行庆典的朦胧感，好似在红袍外面又套了一件饰着花边的袍子，镀金的祭台裹着镂空的花边……

但我对橙子的最好回忆还是来自巴尔比卡亚，这是靠近阿雅克修的一座大花园，夏季最热的时候，我常到那花园里去睡午觉。这里的橙树比布利达的更高，更粗壮，橙树一直种到大路边，一道植物形成的绿色篱笆和一条小沟将花园与大路隔开，大路的另一侧便是大海，是那浩瀚的蓝色大海……在这个花园里我度过多么美好的时光啊！在我的头顶上，棵棵开着花、结着果的橙树发出袭人的香气。不时有一个熟透的橙子，猛然从树上掉下来，它似乎不堪这酷暑的煎熬，闷声闷气地落在我身边的地上。我只要一伸手便可拿到它。这些橙子棒极了，里面的果肉呈紫红色，真是汁多肉厚，妙不可言，况且，那边天际的景色又是那么壮观！枝叶间的空隙里透映着大海的那湛蓝的底色，海面上水波粼粼，宛如一块块玻璃碎片在海空的薄雾中闪烁着。海浪似乎从很远的地方搅动着大气，有节奏的海涛声仿佛在摇晃着你，使你感觉置身于一叶隐形小舟上，周围是滚滚的热浪，是沁人肺腑的橙香……啊！在巴尔比卡亚的花园里午睡真如到了仙境一般！

然而，有几次在我午睡正酣时，一阵阵鼓声将我从睡梦中惊醒，原来是一群穷苦的鼓手在园子下面的大路上练习。透过篱笆的空隙，我影影绰绰地瞥见铜制的鼓身，几条红裤子和盖住红裤子的宽大的白色罩衫。大路上的风尘无情地向他们反射着炫目的阳光，这些可怜的人便来到花园边上，来到这篱笆矮矮的树荫下遮蔽一下。他们使劲地敲，浑身大汗淋漓！这时，我竭力从昏睡中挣扎着醒过来，开心地摘下几个挂在手边的橙子，将这金色的美果向他们投去。鼓声停住了，鼓手犹豫了片刻，环视了四周一眼，想看看从他面前滚到小沟里的橙子究竟来自何方；然后，他很快把它捡起来，连皮也不剥便大口大口地咬起来。

就在巴尔比卡亚花园的旁边，仅一矮墙之隔，有一个相当奇特的小花园，我对它依然记忆犹新。从我所处的花园内，能居高临下将它尽收眼底。这是一小片规整优雅的土地：条条小径上都铺上了金黄色的沙子，小径旁栽着碧绿的黄杨树，门口还种着两棵翠柏，这景致使它看上去更像马赛地区的农舍。没有一丝阴影。最里面有一座白石砌的小屋，贴近地面处设着地下室的窗口。我起初以为这是一间农家的住宅，但仔细辨认一番却另有发现，屋顶处有一个十字架，从远处看，那白石上刻有铭文，但因距离太远看不清铭文的内容，我认出这是科西嘉人的家族墓地。在阿雅克修四周，有许多类似这样的小祭堂，竖立在专为其开辟的花园中央。星期日家人便来此拜谒亡人。家人这么体谅那些逝者，他们在这儿就不会像待在杂乱的公墓里那么凄凉了。唯有朋友的脚步声才打破四周的宁静。

从我所处的地方，我常常见到一位善良的老人正沿着花园的小径无声无息地忙碌着。他整天在剪枝、锄地、浇水，细心地将已凋谢的花朵摘掉，然后，当夕阳西下时，他走进那间安息着自己亲人的小祭堂，将铲子、耙子、大喷壶放好，从容安静地做着这一切，像个墓地园丁一样。然而，在不知不觉中，这位老实人带着一颗虔敬之心辛勤劳作，将各种杂声降到最低限度，每次关上地下室的大门时都小心翼翼的，仿佛生怕惊醒了他人似的。在这阳光明媚而又幽静的环境中，护理这小花园的工作竟不会惊扰一只小鸟，而且花园四周也无一丝一毫的阴郁感。只是天空显得更高，大海显得更浩瀚，那躁动不安的大自然在强大的生命力之下让人难以忍受，而这睡不醒的午觉在这大自然中似有永眠安息之感……

两家小旅店[1]

那是七月的一个下午，我正从尼姆往回走。天热得让人喘不过气来。那条白色的、灼热的大路一眼望不到边，路面上尘土飞扬，路两边是片片橄榄树园和小橡树林，热雾中的大太阳朦朦胧胧地挂在当空。没有一点阴影，没有一丝风，只有蒸腾的热气和蝉的尖叫声，这疯狂的声响真是震耳欲聋，在这遭受热浪折磨的时刻，这声响似乎就是那无边无际的光浪的回声……我已在荒野里走了两个小时，突然一片白房子透过大路的灰尘展现在我面前。这就是那种名叫“圣万桑”的驿站：五六所农庄，长长的红瓦粮仓，一个喂牲畜的饮水槽掩在稀疏的无花果树丛中，水槽里没有水；在这地方的尽头有两家大旅店，隔街相望。

这两家旅店虽彼此相邻，但那反差却令人啧啧称奇。这边的旅店是一幢新楼，顾客满盈，热闹非凡，所有的大门都敞开着，驿车停在门前，卸了辕的马还在冒着热汗，旅客们纷纷从驿车上下来，在路边靠墙的阴影里匆匆地喝着水；院子里停满了骡子和大车，车夫们躺在棚子下等着清凉饮料。旅店内，

[1] 本文最初发表于1869年8月25日的《费加罗报》上。——原注

到处是喊声、咒骂声、拍桌子声、交杯碰盏声、打台球的喧闹声、汽水瓶盖开启的嘭嘭声。然而，一个悦耳而又响亮的歌喉盖过这所有的嘈杂声，歌手的歌声震得玻璃直颤：

漂亮的玛尔格东
天蒙蒙亮便起了床
提着她的银水罐
来到泉水旁……

而对面那家旅店则恰恰相反，门可罗雀，冷冷清清的，好似被荒弃了一样。门前杂草丛生，护窗板也破了，一束长着锈斑的冬青草在大门上面垂着，就像一只陈旧的羽毛饰；门前的各层台阶都用从路边捡来的石头垫着……这一切显得那么寒酸，那么可怜，到这店里停下来喝上一杯，也真可堪称一种义举了。

进门时，我发现这间长长的大厅里空无一人，毫无生气；三个大窗户也没挂窗帘，炫目的阳光从窗户直射进来，使这间大厅显得更空旷、更了无生气。大厅里摆着几张缺了腿的桌子，桌子上零乱地放着几只沾满灰尘的杯子，一只破旧不堪的台球桌还挂着它那四个球袋，像挂着四只木碗似的；一张黄色的长沙发，一个旧柜台静静地躺在这污浊和沉闷的热气里。大厅里还有苍蝇！成群的苍蝇！我从未见过这么多苍蝇：天花板上，玻璃窗上，杯子里都趴着苍蝇，还有一群在……我打开大门时，就听见嗡的一声，无数的翅膀在轰鸣，我仿佛迈进了一个大蜂窝。

在大厅的最里面，有一个女人站在窗口处，面对着玻璃窗，正专心致志地向窗外看。我喊了她两遍：

“喂，老板娘！”

她慢慢地转过身，露给我一张可怜的面容；她那似农妇的脸上布满了皱纹，皮肤粗糙，面带土色；头上的帽子垂下褚红花边的长饰带，我们那儿的老太太才戴这种头饰。然而，她并不老，但眼泪已使她憔悴不堪。

“您想要点儿什么？”她边擦着眼睛边问我。

“坐一会儿，再喝点什么……”

她非常惊讶地看了我一眼，依然站在那儿，一动不动，好像没听懂似的。

“难道这儿不是旅店吗？”

那女人叹了口气：

“是的……这儿是旅店，如果您要……可为什么您不像别人那样到对面那家店去呢？那边不是更快活……”

“对我来说，那边太闹了……我倒更喜欢到您这儿来。”

不等她答应，我就在一张桌子前坐了下来。

当她确信我这话不是说着玩时，便马上开始在店里来回奔忙：翻开抽屉，晃晃酒瓶，擦杯子，轰苍蝇……让人觉得招待我这位客人真是一件大事。有时这位不幸的女人停下来，抱着头，似乎对自己应付不过来而感到失望。

接着，她走进最里面的房间，我听见她在摆弄一大串钥匙，使劲晃动门锁，在面包箱里找东西，吹气，掸土，洗盘子。

不时还传来哀叹声，传来未能抑制的哽咽声……

在她足足忙了一刻钟之后，我面前的桌上摆上了一盘葡萄干，一块像沙石那么硬的陈面包，还有一瓶果汁饮料。

“请用吧！”这位奇怪的女人说道，接着便转身又面朝外站到了窗前。

我一边喝着，一边试图套她的话。

“您这儿不常有客人，对吧，老板娘？”

“噢，是的，从未有人来……可过去，这儿只有我们一家店时，那情景完全不同：过去我们有驿站，在捕海番鸭的季节里为猎人们备饭，整年都是车来车往……但自从别人在旁边开了店之后，我们原有的一切都没了。大家都愿意到对面店里去。他们觉得我们这儿太沉闷了……我们这个店也确实不令人满意。我长得又不漂亮，还经常发烧，两个女儿又死了……可对面呢，却截然相反，总能听见欢声笑语。开店的是个阿尔勒姑娘，人长得漂亮，总爱穿带花边的衣服，脖子上还戴着三条金项链。驿车的车把式是她的情人，总把搭乘驿车的旅客拉到她这儿来。她还招了一大帮能说会道的姑娘做女仆。她那店一下便红火起来！贝祖斯、勒德桑和戎基耶三地的年轻人都跑到她那儿去了。运货马车的车夫不惜绕道也要到她那儿去歇歇脚……可我呢，却整天待在这儿，死气沉沉地耗着，连个顾客都没有。”

她说这些话时，显得有些漫不经心，抱着一种无所谓的态度，额头总贴在玻璃窗上。很显然，对面旅店里有什么东西让她牵肠挂肚……

突然，马路对面传来一阵忙乱的响声。驿车又上路了，车后扬起一片尘土；接着便传来马鞭声和马车夫的小号声；姑娘们跑到大门口，高喊着：

“再见！……再见！……”在这一片嘈杂声中，刚才听到的那动听的歌喉又放声唱起来，而且那嗓音更洪亮了：

提着她的银水罐
来到泉水旁，
在那儿却见走来
三位骑士身披戎装……

……听着这歌喉，老板娘浑身颤抖不已，然后朝我转过身来。

“您听，”她低声对我说，“这是我丈夫……他是不是唱得特好听？”

我吃惊地看着她：

“怎么？是您丈夫！……他怎么也跑到那边去了？”

这时她露出一副伤心的样子，但却温和地说：

“先生，您又能怎么样呢？男人就是这样，他们不愿看见有人落泪，可我自从两个女儿死后，总是以泪洗面……况且，这么大的房子，却连一个顾客都没有，也太凄惨了……这样，我这可怜的若泽感到特别烦闷时，便到对面去喝酒，大家都知道他有一副好嗓子，阿尔勒姑娘便让他唱。嘘！……他又开始唱了。”

她浑身在簌簌地颤抖着，双手向前伸着，脸上挂着大颗的泪珠，使她显得更难看了。她站在窗前，听着她丈夫的歌声，听得心醉神迷，这歌是若泽唱给那阿尔勒姑娘的：

第一位骑士对她说：
“你好，漂亮的小姑娘！”

在米里亚纳[1]

——旅行札记

这次，我带你们到阿尔及利亚的一个美丽的小城观光一天，那里距我的磨坊有二三百法里之遥……这也让你们换换口味，别总听长鼓和蝉鸣……

天空阴沉沉的，就要下雨了，扎卡尔山的顶峰笼罩在云雾之中。这是一个令人烦闷的星期日……饭店小房间的窗户朝向阿拉伯城墙，我待在这房间里，百无聊赖地吸着烟，也好自我排遣一下……店家将饭店的全部藏书供我使用，有一本记载详尽的历史书，几本保罗·德科克[2]的小说，我还发现一册蒙田全集的单卷本……信手翻开这本书，重读了那封关于拉波埃希[3]之死的奇妙信函……结果，我比以往更迷惘，更忧郁……点点雨滴已经落了下来。窗台上的灰尘自去年下雨后就一直堆在那里，而每一滴落在窗台上的雨点都在这厚厚的尘土上砸成一个

---

[1] 本文最初发表于1864年2月1日的《新杂志》上，原标题为《小城之旅》。——原注

[2] 保罗·德科克（1793—1871），法国悲喜剧作家。

[3] 拉波埃希（1530—1563），法国作家，与蒙田交往颇深，对后者有一定影响。

星状……那本书从我手中滑落在地，我却长久地凝视着这个星状物……

城里的时钟敲了两下，钟声来自一座古老的伊斯兰隐士墓，从我的房间能瞥见它那细长的围墙……这奇怪的隐士墓真是可怜！这座建筑的中央靠上部位竟然装上了市政府的大钟，每到星期日，两点的钟声响时，它便向米里亚纳所有的教堂发出晚祷的信号，三十年前谁会想到这隐士墓会有这么一天呢？……叮！咚！各教堂的钟声纷纷响起来！……这钟声还得响一阵子呢……这房间显得太凄凉了，早晨我见到的那些大蜘蛛，它们被人称作“哲学的箴言”，已在屋内的各个角落里织上了网……还是到外面去吧。

我来到广场上。第三军团的乐队并未被这点小雨吓倒，乐师们围着指挥刚刚坐好。将军在师部大楼的一个窗口处露出尊容，身旁陪着一些如花似玉的姑娘；在广场上，区长挽着治安法官的臂膀来回踱着步子，五六个阿拉伯小孩赤裸着上身，在广场的一角玩弹子，不时发出凶狠的喊声。广场的另一边，一个衣衫褴褛的犹太老人又来到他昨天晒太阳的地方，可这阴雨天，没有太阳真让他大失所望……“一、二、三，开始！”乐队奏起了一首塔雷克西的玛祖卡舞曲，去年冬天，那些手摇风琴手在我的窗下曾演奏过这首曲子。过去我都听烦了，可今天再次听到这首舞曲却让我激动得热泪盈眶。

啊！第三军团的乐师们是多么幸福呀！他们眼睛盯着那些十六音符，陶醉在节奏和热烈的乐曲声中；他们什么也不想，只数着他们的节拍。他们的情感，他们的全部情感都维系在这巴掌大小的乐谱之中，手指在两个铜制弦架之间的琴弦上来回颤动。“一、二、三，开始！”对这些正直的人而言，这口令就是他们的全部生命，他们所演奏的那些民族乐曲从未勾起他们的思乡之情……咳！我不是搞音乐的，可这首乐曲却让我十分难过，我转身走开了。

这个阴雨绵绵的星期日下午，我又能到哪儿去呢？西多玛尔的店铺正好还开着，就去他的店里吧！

西多玛尔虽然开着一间店铺，但他却不以经营店铺为生。他出身王族，是阿尔及尔一位旧台伊[1]之子，台伊被土耳其近卫军的士兵绞死了……父亲死后，他便带着深受他爱戴的母亲躲到了米里亚纳，在这儿过了几年贵族老爷般的生活，家中养了许多猎犬、猎隼、骏马，还有众多的女人陪伴在他左右，他的宫殿既漂亮又凉爽，到处都是喷泉，院子里栽满了橙树。后来法国人来了。西多玛尔起初与我们为敌，同阿布德·卡代尔酋长结了盟；后来因与酋长失和，转而归顺了法国。酋长为了报复他的背叛行为，便趁西多玛尔不在家时闯入米里亚纳，洗劫了他的宫殿，铲平了他的橙园，掠走了他的马匹和女人，用一个大木箱的盖子将他母亲的脖子压断……西多玛尔愤怒极了，即刻转而加入法国人的阵营，后来在与酋长作战的过程中，他成了我们阵营中最勇敢、最凶狠的士兵。战争结束后，西多玛尔重返米里亚纳，即使今天当着他的面谈起阿布德·卡代尔

[1] 奥斯曼帝国在阿尔及尔的统治者。

时，他还会恼怒得脸色发白，眼里闪着凶光。

西多玛尔已六十多岁了。尽管年事已高，脸上又长着麻子，但他的面容依然很帅：长长的睫毛，眼睛像女人的媚眼，迷人的微笑，一副王者之相。战争夺去了他的大部分财富，过去那种富足的日子没有了，他只剩下谢利大平原上的一个农庄和米里亚纳的一所房子，在这儿，他哺育着三个儿子，与他们一起过着舒适的生活。当地的首领对他十分尊敬。当地人发生纠纷时，都愿意找他调解，他的评断几乎总是十分公正。他很少出门，在紧邻自己房子处，临街开了一间店铺，他每天下午都待在这店铺里。这店里的家具并不奢华：四周墙壁用石灰刷白，一条环形长凳，几个座垫，几杆长烟斗，两只炭火盆……西多玛尔就在这儿会客，调解纠纷，俨然一个店铺里的所罗门王。

今天恰好是星期日，店铺里拥满了人。十几位首领，身披呢斗篷，围大厅蹲了一圈，每人手边有一杆长烟斗和一小杯咖啡，那咖啡杯是精美的镶金丝鸡蛋盅。我走进店里，谁也不动弹……西多玛尔在他的座位上冲我送来最迷人的微笑，用手示意我坐到他旁边，坐在一个黄色的丝垫上，然后，他将手指放在嘴唇上，示意要我听着。

待判决的案子是这样的：贝尼祖祖人的首领为一小块土地与米里亚纳的一位犹太人闹起了纠纷，双方商定要将这纠纷面陈给西多玛尔，而且完全服从他的评判。双方约定当天就去找西多玛尔，证人也都找好了；可这位犹太人却突然改变了主意，他没带证人，独自一人跑到这儿，声称他更愿意把这事托付给法国治安法官，而不愿让西多玛尔裁定……我到的时候，这事正说到这儿。

这位犹太人是个老头，蓄着土灰色的络腮胡子，上着栗色外衣，脚穿蓝色长袜，头戴一顶绒帽，正扬着头，用哀求的眼神四下观望，吻着西多玛尔的拖鞋，弯下身，跪倒在地，双手合一……我不懂阿拉伯语，但看着犹太人表意的这些动作，听他时刻挂在嘴边的字眼："治安法官，治安法官"，我猜测着他那精彩的演讲：

"我们并非不信任西多玛尔，西多玛尔是圣贤，西多玛尔是公正的……可治安法官会把我们这事处理得更好。"

听众虽然很愤怒，但依然不动声色，保持着一个阿拉伯人应有的沉着……而西多玛尔这位戏弄人的大师却躺在座垫上，目光呆滞，嘴里叼着一只琥珀烟嘴的烟斗，脸上堆着笑，听着这人的陈述。犹太人说得正起劲时，突然，一声"活见鬼！"打断了他的话；与此同时，一位来此给首领做证人的西班牙移民离开座位，走近伊斯卡里奥特，劈头盖脸地把他臭骂一顿，所有语言的咒语都让他用遍了，其中还包括某些极为粗俗的法语词，这些词真是不堪入耳……西多玛尔的儿子懂法语，当着父亲的面听到那些字眼后不禁脸红了，于是便走出大厅。请记住阿拉伯教育的这一特点。听众依然不动声色，西多玛尔照旧一成不变地微笑着，犹太人站起身，向门口退去，吓得浑身直哆嗦，可嘴里却更起劲地唠叨着那始终挂在嘴边的词"治安法官，治安法官"……他出了门，西班牙人愤怒地追了出去，在街上抓住了他，“噼！啪！”扇了他两记耳光……待西班牙人一回到店里，犹太人站起来，用阴险的目光环视着周围的人群，他们身着五颜六色的服装，而且肤色也完全不同：有马耳他人，马翁人，黑人，阿拉伯人。对犹太人的恨使他们聚到一起，看到一个犹太人当众受辱真让他们开心……伊斯卡里奥特犹豫了片刻，拉住了一位阿拉伯人的长袍下摆：

“你看见了，阿什迈德，你看见了……你就在场，那个基督徒打了我……你是见证人……好啦，你就是见证人。”

那阿拉伯人抽回他的长袍，推开犹太人……他什么也不知道，什么也没看见，因为当时他正回头看别的……

“可是，你，卡杜尔，你看见了，你看见那基督徒在打我。”可怜的伊斯卡里奥特朝一个黑人喊着，这胖黑人手里正在剥仙人果。

那黑人吐了口唾沫，露出鄙夷的样子，然后就走开了……这个矮个子马耳他人什么也没看见，他那黑黪黪的眼睛在方帽下闪着凶光；那位娇小的马翁女子也什么都没看见，这女人的肌肤呈砖红色，头上顶着一筐石榴，笑着溜走了……

犹太人喊着，央求着，来回奔忙着，但毫无结果……没有一个证人，大家什么也没看见……幸亏这时有两个教友从此地路过，他们正低着头，贴着围墙走。犹太人发现了他们俩：

“快，快，我的兄弟！快去找代理人，去找治安法官！……你们这些人其实全看见了……你们看见有人在打老人！”

但愿他们都看见了！……可我觉得他们确实看见了。

……西多玛尔的店铺里一片欢声笑语……咖啡馆的老板为所有的杯子斟满了咖啡，将大家的烟斗也都一一点燃。大家尽情地聊着，不时放声大笑。目睹一个犹太人挨一顿暴打真是开心！……在这满屋烟雾和闹哄哄的气氛中，我悄然来到门口，我想到犹太人聚居区转转，了解一下伊斯卡里奥特的教友们是如何看待自己的兄弟遭受羞辱的……

“今晚来吃饭吧，先生。”老好人西多玛尔朝我喊道。

我答应下来，并向他表示谢意，然后便走了出去。

在犹太人聚居区，大家都义愤填膺。这事已经闹大了，所有店铺里都空无一人，绣花工人、裁缝、制皮件工，整个犹太街区的人都上了街……男人们头戴丝绒鸭舌帽，脚穿蓝色长袜，三个一群、五个一伙地大声喊着，还不停地挥动着手臂……女人们脸色苍白，面颊浮肿，身穿平庸的连衣裙，胸襟饰金，显得十分呆板，倒更像个木偶；她们戴着黑色头巾，在人群里奔来奔去，发出刺耳的叫声……我到的时候，人群里生出一阵骚动。大家前呼后拥，你推我搡……在证人的搀扶下，那位犹太人，即这个事件的英雄人物，在一片鼓励声中，从头戴鸭舌帽的人群中穿过：

“你要报仇呀，兄弟，为我们报仇，为犹太民族报仇。什么也别怕，你有权捍卫自己。”

一个丑陋的侏儒，身上发出一股松脂和旧皮革的臭味，带着一副可怜相，向我靠过来，粗重地叹着气：

“你瞧，”他对我说，“这帮可怜的犹太人，他们怎么这么对待我们呢！他可是个老人啊！他们快把他弄死了。”

说实在的，可怜的伊斯卡里奥特，除了嘴还在喘气，已经和死人无甚两样。他从我面前经过时，双眼黯淡无光，面容委顿，连腿都迈不开，脚在一步一步地挪……得给他一笔赔偿金才能挽救他，因此大家并未送他去看医生，而是带他去找代理人。

阿尔及利亚有许多代理人，几乎和蝗虫一样多。这个职业似乎很吃香。不管怎么样，这个职业的优势是：入门无障碍，无须考试，不用交保金，也不必接受培训。正像在巴黎我们都去当作家一样，在阿尔及利亚，人人都去当代理人。为此只需懂点法语、西班牙语、阿拉伯语，皮包里总装着一本法典就行了，当然首先要有干这行的气质。

代理人的职能可谓是五花八门，他们可以是律师、诉讼代理人、经纪人、鉴定人、翻译、记账员、掮客、代笔人，是殖民地的“雅克师傅”[1]。不过阿巴贡[2]只有一位“雅克师傅”，而殖民地所拥有的“雅克师傅”却大大超过其所需。仅在米里亚纳一地，他们竟然有一打之众。为减少办公费用，他们往往在大广场的咖啡馆里接待他们的当事人，为这些人提供咨询服务——难道他们真的提供了吗？当然还要佐以苦艾酒和掺酒的咖啡。

可敬的伊斯卡里奥特在两位证人的陪伴下，向大广场咖啡

[1] 雅克师傅，莫里哀的喜剧《吝啬鬼》中身兼厨师和马夫的人物。

[2] 阿巴贡，莫里哀的喜剧《吝啬鬼》中的主角。

馆走去。咱们就不跟着他了。

从犹太人聚集区出来时，恰好经过阿拉伯事务管理所，这幢房子屋顶铺着石板瓦，一面法国国旗在屋顶上迎风飘扬。从外观上看，人们会把这幢房子当做镇政府。我认识这里的翻译，还是进去和他一起抽一支烟吧。我一支接一支地抽，最终总会把这个没有阳光的星期日消磨掉。

管理所前的院子里拥满了衣衫褴褛的阿拉伯人，足有五十来人在等着被接见，他们穿着长袍，沿墙脚蹲着。这个贝督因人的候见场所虽然是个露天的院子，但仍散发出一股很冲的汗臭味。咱们快点过去吧……在管理所里我见翻译正和两个嗓门很高的人谈话，这两人光着身子，各披一条脏兮兮的长毯子，发疯似的比画着，讲述一串念珠被盗的经过。我坐在屋角的一张席子上，看着他们……翻译穿的那套服装十分漂亮，米里亚纳的翻译穿上这套服装可真帅！衣服和人相得益彰。服装是天蓝色的，佩着黑色的胸饰和闪闪发亮的金纽扣；翻译长着一头卷曲的金发，脸膛微红，俨然一个富有幽默感和幻想的漂亮的轻骑兵。他相当健谈，他会讲那么多种语言！他对世事总持怀疑态度，他肯定在东方语言学校里结识了勒南[1]！他还是体育运动的爱好者，到野外露宿就像参加区长夫人的晚会一样那么惬意。他跳起马祖卡舞来风度翩翩，比任何人跳得都好；他做的古斯古斯[2]，那味道无人能比。总之一句话，他是个无所不能的

[1] 欧内斯特·勒南（1823—1892），法国作家。

[2] 古斯古斯，北非地区的一种食物，将粗面粉筛成颗粒状，蒸熟后配肉和辣汁。

巴黎人，也正是我心目中的男人。要是女人都迷恋上他，你们可别见怪啊……要说讲究穿戴，他只有一个对手，就是管理所的那位中士。中士身穿细呢制服，扎着护腿，护腿上镶着螺钿纽扣，全军营的人都自愧不如，因而不少人都忌妒他，他被派到管理所之后，就不用再干原来的苦差事。他总是在各条街上转来转去，戴着白手套，烫着卷发，腋下夹着一摞登记簿。大家羡慕他，可又特别怕他，因为他十分专横。

念珠被盗事件解决起来显然要拖很长时间，那就再见了！我也不等结果了。

就在我动身之际，院子里一片欢腾。大家纷纷拥向一个高大的当地人，他面色苍白，却气宇轩昂，身上裹着一件黑色长袍。一周前，他在扎卡尔山里与一只豹子搏斗。豹子被打死了，可他的半条胳膊却被咬掉了。每天早晨、晚上他都要到管理所来换药。每一次大家都在院子里围住他，要他讲与豹子搏斗的故事。他用浓重的喉音慢慢地说着，不时还撩开长袍，向众人露出他那受伤的胳膊，伤臂吊在胸前，包扎伤口的布上渗出斑斑血迹。

我刚走到大街上，突然下起了暴风雨。真是风雨交加，电闪雷鸣……咱们快点去避雨。我随即穿过一扇大门，猛然闯进一群波西米亚人的聚居地，他们都拥在一个摩尔式院子的拱廊之下。这个院子与米里亚纳清真寺相毗邻，是穆斯林赤贫者的栖身之地，又称“穷人院”。

几只身上长满虱子的瘦瘦的大猎狗在我身边凶恶地转来

转去。我背靠着回廊的一根柱子，竭力装作泰然自若的样子，不和任何人说话，只是看着那哗哗的雨柱，雨点落在院内彩色石板上泛起点点水泡。波西米亚人都卧在地上，几个人挤在一起。我身旁有一位略有几分姿色的年轻女子，她的领口敞开着，腿也裸露着；手腕和脚踝上都套着大大的铁镯子，她嘴里唱着一首奇怪的五音不全的曲子，曲调显得很凄凉而且鼻音很重。她一边唱着小曲，一边在给一个肌肤呈红铜色、光着身子的小孩喂奶。她用另一只空闲的手在石臼里捣大麦。大雨在狂风的肆虐下，不时将母亲的双腿和小孩的身子打湿。这位波西米亚女子对此毫不在乎，继续在狂风中一边唱着曲子，一边捣大麦、喂孩子。

雨势弱了下来。我利用雨停的间隙赶紧离开这神奇般的院子，我径直朝西多玛尔家走去，到他家去吃晚饭，到该吃饭的时候了……当我穿过大广场时，又碰到了下午见到的那位犹太老人。他倚在代理人身上，身后跟着证人，他们兴高采烈地走着，一群淘气的犹太小孩在他们周围蹦来蹦去……人人都是喜形于色。代理人负责此案，他将要求法庭判决对方赔偿两千法郎。

在西多玛尔家，晚宴极为丰盛。餐厅朝向一个幽雅的摩尔式的院子，两三座喷泉发出动听的流水声……这顿土耳其饭做得棒极了，是按布里斯男爵[1]的菜谱烹制的。在众多的菜肴

[1] 布里斯男爵（1813—1876），法国美食家，曾著多卷有关烹饪的书。

中，我特别注意到一盘杏仁鸡，一盘香草古斯古斯，一盘肉炖甲鱼——这道菜有点腻，但味道极佳，还有那种叫“法官一口酥”的蜜制饼干……佐餐酒只有香槟。尽管受伊斯兰戒律的制约，西多玛尔还是喝一点酒，但要待仆人转过身去的时候才喝……晚宴后，我们来到主人的起居室，仆人们紧接着送来了果酱、烟斗和咖啡……这房间里的家具极为简陋：一个长沙发，几张席子；房间尽头，摆着一张很高的大床，床上随意摆着几个带绣金图案的小靠垫……墙上挂着一幅旧的土耳其画，画面上描绘了一个叫哈马迪的海军司令的丰功伟绩。土耳其的画家似乎画画时只用一种颜色：这幅画的主色是绿色。大海、蓝天、军舰、哈马迪司令本人，整个画面都是绿色，而且特别绿！

阿拉伯人的习惯是饭后尽早与主人告辞。咖啡喝过了，烟也抽了，我向主人道了晚安，离开了他和他的妻妾们。

我到哪儿去打发这夜晚呢？现在回去睡觉还太早，北非骑兵的号手尚未吹响归营号呢。况且西多玛尔的金色靠垫依然在我眼前跳着梦幻般的法朗多拉舞，让我无法入睡……我来到了剧院门前，进去看看吧。

米里亚纳剧院的前身是一座草料仓库，勉强被改装成演出大厅。几盏巨大的油罐灯在幕间休息时被灌满油，作照明的吊灯使用。正厅后排的观众都站着，而乐队的乐手们则坐在长凳上。楼座里的观众很得意，因为他们都有草编的椅子坐……演出大厅周围是一条长长的走廊，走廊里光线很暗，也没有铺木地板……人们还以为走在大街上呢，况且真是街上有什么这里也有什么……我进来时，节目已经开始了。令我吃惊的是，那些演员真的很不错，我是指那些男演员，他们生气勃勃，充满了活力……他们几乎全是业余演员，是第三军团的士兵，军团为他们而感到自豪，每天晚上都来为他们喝彩。

至于女演员，咳！……依然是省城小剧院里永远不变的女角色，没有一点变化；她们自负、夸张，又十分做作……然而在这些女角里有两个人引起了我的注意，是两位米里亚纳的犹太姑娘，很年轻，刚刚步入演艺界……她们的父母都在大厅里，而且看上去很高兴。他们坚信女儿干这行能挣上几千杜罗[1]。拉歇尔[2]，这位犹太人的骄傲，这位百万富翁及著名演员的传奇生涯已在东方犹太人中广为流传。

在舞台上，没有比这两个犹太小姑娘更滑稽、更感人的了……她们羞怯地站在舞台一角，搽着粉，涂着胭脂，袒胸露臂，身体僵直。她们感到很冷，但更感到害羞。不时从她们嘴里蹦出一句含混不清的台词，连她们自己也不解其意；在道白时，她们用希伯来族所特有的大眼睛惊恐地望着台下。

我从剧院走出来……四周漆黑一片，我走着走着，猛然听见广场的一角传来喊声……大概几个马耳他人正在动刀子打架呢……

[1] 杜罗，西班牙的一种银币，相当于5个比塞塔。

[2] 拉歇尔（1821—1858），法国著名的悲剧演员。

我慢慢地沿着城墙回到饭店。一股股橙树和崖柏的清新香味从平原上升起。空气柔和，夜空清湛……那边，在路的尽头，一堵老墙矗立在那儿，像个幽灵似的，这是某个古寺的遗迹。这墙是神圣的，阿拉伯妇女每天都要往这墙上挂她们的还愿物：有做袍子的布片，贵重的布料头；有用银线相系的长长的红棕色的发辫，长袍的下摆……所有这些还愿物都在淡淡的月光下，在温和宜人的夜风中摆动着……

蝗虫[1]

又是一篇阿尔及利亚的游记，然后我们就会回到磨坊去……

我到萨海尔农庄的那天夜里，怎么也睡不着。新到异地、旅途的颠簸、豺狼的尖叫，再加上让人难以忍受的酷热，让我夜不能寐，那闷热的天气似乎要把人憋死，就连蚊帐的细孔都透不过一丝风……天蒙蒙亮时，我打开窗户，夏天沉闷的雾气在慢慢飘动，就像战场上弥漫的硝烟，朝霞的粉红色和尚未退去的黑夜装饰着这雾气的边缘。树叶一动也不动，在我眼下这片美丽的花园里，葡萄苗井然有序地种在山坡地上，正是强烈的日照使葡萄酒带有丝丝甜意；运往欧洲的水果掩在绿荫的一角里，橙树苗、橘树苗整齐划一地栽在苗圃里，所有的景致看上去都很沉闷，树叶纹丝不动，预示着暴雨将要来临。而香蕉树呢，好似淡绿色的大芦苇，不知从何处飘来的微风总会摇动它的叶子，将它那轻柔的叶发吹得乱蓬蓬的；这行行香蕉树像排列整齐的羽毛饰幽静而挺拔地矗立在花园里。

我望着这座神奇的植物园，望了好一阵；全世界各种植

[1] 本文最初发表于1873年3月25日的《公益报》上。——原注

物都聚集在这座园子里，在新环境下，依然按照各自的季节开花、结果。在一望无际的麦田和大片的木栓槠林之间，流淌着一条小河，水波粼粼，在这个热得令人窒息的清晨，看着这水面顿觉有了一丝凉意。这座漂亮的农庄门前建着摩尔式的拱廊，平台被晨曦映得雪白，农庄周围建有马厩和库房。这里的植物是那么茂盛，景致是那么和谐有序，真让我感慨万千，我一边欣赏着这景致，一边在想，二十年前，当这些正直的人在萨海尔山谷落户时，这里只有养路工用的简易木棚，一块贫瘠的土地，上面稀稀拉拉地立着难看的棕榈树和乳香黄连树。一切都要用双手去创新，去建设。每时每刻还有阿拉伯人在反抗，还要放下犁，拿起枪。后来便是病虐横行：眼炎，发烧；遭遇过颗粒无收的窘境，在失败中摸索经验，还要与迟钝的，甚至总是优柔寡断的行政当局周旋。这要花多少心血呀！要付出多么艰辛的劳作啊！

即使在现在，尽管那艰辛的岁月已成过去，尽管历经坎坷之后已获取了这笔财富，但在整个农庄里，每天第一个起床的仍然是创业的夫妻俩。这一大早，我就听见他们俩在底层的厨房里走来走去，为劳工们煮咖啡。晨钟很快就会敲响，再过一会儿，工人们便会上路去劳作。他们当中有来自勃艮第的葡萄种植工人，有衣衫褴褛、头戴红色小圆帽从事耕作的卡比尔人，有赤裸着双腿专挖土方的马翁人，还有马耳他人、卢克人，这些人反差极大，很难领导。农庄主在大门前为他们每个人派活儿，话语短促，还略显粗暴。他派完当天的活计后，这位正直的人便抬起头，看了一眼天空，露出焦虑的神态，然后，他见我站在窗前，便对我说：

“今天对耕作来说可不是个好天气，南方焚风马上就来了。”

确实如此，随着太阳逐渐升高，团团令人窒息的、滚烫的热气从南方吹过来，就像火炉炉门打开时带出的热气一样。大家真不知该躲在什么地方才好，也不知将会热成什么样子。整个上午就在这煎熬中过去了。我们坐在走廊的席子上喝着咖啡，已经连说话的劲儿都没有了，更不要说起来走动了。看家狗卧在地上，不断寻找凉爽的地砖，那卧姿看着真让人难受。午饭倒稍稍给我们添了点精神，午饭很丰盛，也很有特色：有鲤鱼、鳟鱼、野猪肉、刺猬肉、塔斯乌埃利的黄油、克雷西亚的红葡萄酒、番石榴、香蕉，都是一些不常见的菜肴，与我们周围奇特的自然景观相映成趣……我们吃完饭正要起身时，突然从落地窗外传来高声叫喊，尽管为防止园子里的热气涌入室内落地窗关得很严。

“蝗虫！蝗虫！”

我的主人立刻脸色刷白，就像突然获悉某一灾难似的，我们赶紧跑到屋外。刚才这宅院里还是那么宁静，但十分钟之内，到处都响着匆忙的脚步声，含混不清的话语声，夹杂着刚睡醒的人在忙乱中弄出的响声。仆人们都在前厅就寝，他们从前厅的阴凉处冲出来，抓起棍子、木叉、门闩，以及所有随手能抄起的金属器具，使劲敲着铜锅、水盆、炒锅。牧羊人吹响了放牧的号角。还有人吹起了海螺、猎号。顿时这极不协调甚至有些恐怖的嘈杂声响成一片，从邻近村镇跑过来的阿拉伯妇女，嘴里“呕，呕”地喊着，这尖声喊叫将那一片嘈杂声盖了过去。看来常常只需巨大的噪声，空气中音波的震颤就能把蝗虫轰走，不让它们落下来。

但这些可怕的昆虫到底在哪儿呢？在那热气蒸腾的空中，只见一大片密集的赤褐色的云团从天际处飞来，就像带着雹子的乌云，发出暴风雨来临时在林中听到的呼啸声，这就是蝗虫。它们展开干爽的双翅，密密麻麻成群地飞过来，尽管我们不停地高喊、使劲轰，但这蝗虫云团继续往前飞，在平原上投下一片巨大的阴影。它们很快便飞到我们头顶上，在这云团的边缘处，瞬间生出一个毛边，出现了裂缝，一些清晰可辨、褐红色的蝗虫落了下来，宛如骤雨中最先落下的冰雹，接着这一大群蝗虫全落下来了，像雹子似的噼里啪啦落在地上。那一望无际的田野即刻盖满了蝗虫，有的大蝗虫竟像手指那么粗。

于是，灭蝗行动开始了。碾死蝗虫发出的声响真是难听，就像在碾碎稻草。人们用钉齿耙，用镐，用犁拍打着蝗虫，似乎在翻动这层移动的土壤。但越打蝗虫好像越多。它们那高高的后肢缠在一起，一层一层地涌动着；最上面这一层蝗虫绝望地跳跃着，跳到马鼻子底下，马拉着犁在干着灭蝗这件奇特的工作。农庄的看家狗以及附近村镇里的狗都纷纷跑到田里向蝗虫猛扑过去，疯狂地踩着蝗虫。这时，两个阿尔及利亚步兵连，吹着号角赶来帮助不幸的移民，灭蝗也换了一种方式。

士兵们并不去拍打、碾死蝗虫，而是点燃长长的导火线来烧它们。

灭蝗行动搞得我筋疲力尽，蝗虫的恶臭让我恶心，我慢慢地往回走。农庄里的蝗虫几乎和外面的一样多。它们通过门缝、窗缝、壁炉洞爬进来。在细木护壁板的边缘处，在那被啃得不成样的窗帘里，蝗虫有爬着的，有从高处落下来的，还有来回飞跃的；白墙上也爬满了蝗虫，黑压压的一片，显得极为丑陋。还有那总也除不去的臭味。晚饭时，水也无法使用了。蓄水罐、水池、水井、养鱼池都受到了污染。夜晚，尽管仆人已在这间房里打死了许多蝗虫，但在我的房间里依然能听到家具下面发出的窸窣的涌动声，这种鞘翅类昆虫的撕裂声竟与豆荚在炎热的天气里爆裂开的响声相似。这一夜我依然无法入睡。况且，农庄周围的人都没睡。在平原上，火焰依然贴着地面在燃烧着。阿尔及利亚步兵仍在继续灭蝗。

第二天，当我像前一天那样打开窗户时，蝗虫已经飞走了，但给这地区造成的毁坏真是惨不忍睹！花没有了，草皮也光了，到处黑茫茫一片，植物被啃得精光，大地涂炭。香蕉树、杏树、桃树、橘树只能通过光秃秃的树干才能分辨出来，但它们已没了那娇媚的风采，正是那簌簌飘动的树叶才使树木生机勃勃。大家都在清洗盛水设施，清洗蓄水罐。农工们在翻耕土地，以消灭蝗虫留下的虫卵。每一片土地都要翻过来，精心地被打碎。看着这条条充满汁液、白白的树根暴露在一片狼藉的沃土上，真让人心里难过极了……

戈谢神父的药酒[1]

“把这酒喝下去，我的邻居，您会赞不绝口的。”

格拉维松神父一滴一滴、小心翼翼地为我斟了一杯底烧酒，他精心斟每一滴酒的劲头，就像珠宝商在数珍珠一样。这烧酒虽尚未酿熟，但却金灿灿、热乎乎的，闪闪生辉，味道美极了……喝得我胃里暖融融的。

“这是戈谢神父的药酒，是咱们普罗旺斯快乐和健康的保障，”这位憨厚的神父得意扬扬地对我说，“这酒是在普雷蒙特莱修道院里酿造的，那儿离您的磨坊只有两法里远……这是不是比全世界所有的查尔特勒酒都好喝？……这药酒的故事可有趣了，您要知道这故事该多好呀！那您就听着吧……”

神父住所的客厅里挂着一组小幅图画的耶稣受难图，漂亮的浅色窗帘浆得像白色法衣似的，神父就在这间如此圣洁、如此幽静的客厅里活灵活现、毫不夸张地讲述了一段故事，尽管这故事让人将信将疑，又略显不恭，就像埃拉姆斯[2]或阿苏西[3]

---

[1] 本文最初发表于1869年10月2日的《费加罗报》上。——原注

[2] 埃拉姆斯（1469—1536），荷兰人文主义者。

[3] 阿苏西（1605—1665），法国讽刺作家。

的寓言故事。

二十年前，普雷蒙特莱的修士们，按我们普罗旺斯人的叫法，也就是白衣神父们都陷入深深的苦难之中。您要是看见当时他们的住所，您心里也会难过的。

修道院的高墙及巴科姆钟楼就要塌了。修道院内回廊的四周杂草丛生，回廊的小圆柱也都裂了，石刻的圣像歪倒在神龛里。彩绘玻璃窗全倒了，大门也都掉了。罗讷河上的风一直刮到修道院的院子里，刮进小教堂里，你感觉不是在教堂内，而是仿佛置身于卡马尔格大荒野里似的。风吹熄了大蜡烛，吹断了玻璃窗上的铅条，刮走了圣水盆里的圣水。然而，最凄惨的是修道院的钟楼，楼内无钟可敲，静得像个空鸽子窝，修士们手中无钱，买不起钟，只有靠敲杏木响板来报早祷的时间。

可怜的白衣神父！他们整天靠南瓜和西瓜充饥，面色苍白，体质孱弱；在圣体瞻礼仪式上，他们穿着打着补丁的无袖外套，在仪式列队里闷闷不乐地走着；院长大人跟在他们后面，低着头，因露出他那褪了色的法衣及被虫蛀的白色羊毛主教帽而感到无地自容，他们那副寒酸相，我至今仍记忆犹新。慈善会的善女们在列队里都流下了眼泪；粗壮的旗手对这些可怜的修士们戳戳点点，相互低声讥笑他们。

“群飞的椋鸟越飞越瘦。”

其实，这些不幸的白衣神父自己都在琢磨，是否最好远走高飞，各奔东西，去找活路。

然而，一天，大家在教士会议上就这个重要问题进行辩论时，有人来向院长报告，说戈谢修士请求在会议上申述自己的主张……其实您知道了也无妨，这个戈谢修士原来在修道院里只管放牛，也就是说，他整天在院子里来回溜达，赶着两头骨瘦如柴的奶牛，从这个拱廊走到那个拱廊，让它们在石板地的缝上找草吃。他小时候被波克斯乡的一个疯老太婆收养，这位人称贝贡大婶的老太太一直抚养他到十二岁。十二岁以后他便被修士们收留下来，这个不幸的放牛郎什么都没学会，只会放牧，还会背天主经，而且还只用普罗旺斯语背诵天主经。他很固执，但有点灵气，真是既顽固不化又自作聪明。虽然他脑子里有时会出现宗教幻象，但他确实是个虔诚的基督徒，他身穿苦衣不觉得难受，自行鞭苔时极为认真，用自己粗壮的胳膊使劲地抽！……

他走进会议厅，将腿向后弯一下，向大家施了个礼，见他那愚笨、憨态可掬的样子，院长、议事司铎、司库以及所有与会者都哈哈大笑起来。他心慈面善，头发灰白，蓄着山羊胡，眼神略显疯癫，他这副面孔不管在哪儿，只要一露面，便会即刻引起哄堂大笑，但戈谢修士却依然摆出一本正经的样子。

“尊敬的神父，”他一边捻着用橄榄核做的念珠，一边憨声憨气地说道，“俗话说空桶敲出的声儿最好听，这很有道理。你们想想看，我这脑袋本来就空荡无物，可我还是绞尽了脑汁，我觉得找到了让大家摆脱困境的办法。

“是这么回事，大家都知道贝贡大婶，就是曾抚养过我的那位善良的女人（这个老疯婆，上帝收走了她的灵魂！她酒后唱的那些歌可真难听）。我要告诉你们，尊敬的神父，贝贡大婶活着的时候，对山上的各种草木了如指掌，那本领远远胜过科西嘉的老乌鸫。甚至她在晚年时，还将五六种药草混在一起，酿制了一种无与伦比的药酒，那药草还是我们一起在阿尔比伊山上采的呢。这事已经过去好多年了，可我想在圣奥古斯丁的鼎力协助下，再加上咱们院长大人的批准，我只要好好找找，说不定还真能找到这神秘药酒的配方。到那时候，我们只需将药酒装到瓶子里，再卖个稍微好点的价格，一定会让咱们修会慢慢地富起来，就像苦修会和大查尔特勒修会的教士们所做的那样……”

还没等他把话说完，院长便站起身，扑过去拥抱他，议事司铎们拉住他的双手，司库显得比其他人都激动，竟恭恭敬敬地吻起他的风帽边来……接着，大家又都回到原座继续磋商。会后当场决定，将奶牛交给特拉希布尔修士看管，好让戈谢修士全力以赴酿造药酒。

这位善良的修士究竟如何找到贝贡大婶的秘方，究竟耗费了多大的力气，又度过了多少不眠之夜呢？故事并未讲明这一切。但六个月以后，白衣神父的药酒已深受大家的喜爱，这一点毋庸置疑。在整个贡达省、整个阿尔勒地区，每一座农庄，每一个谷仓都在食物储存室的深处存上一瓶药酒，摆在一瓶瓶烧酒和一罐罐腌橄榄当中，这药酒装在褐色的小陶土瓶里，瓶口用普罗旺斯的徽章封印，银色的标签上印着喜笑颜开的修士头像。靠着这风靡一时的药酒，普雷蒙特莱修道院很快便富裕起来。巴科姆钟楼又重新竖立起来，院长也有了新的主教冠，教堂又装上了漂亮的、制作精细的彩色玻璃；钟楼也装上了精美的花边饰，大钟和钟铃整齐地挂在钟楼上，在复活节那阳光明媚的清晨，大钟叮当，排钟齐鸣，钟声响彻云霄。

至于戈谢修士嘛，这位凡夫俗子，这个在教士会议上给人当笑料的土里土气的修士，在修道院里再也不会遭人耻笑了。自那以后，他在众人眼里便成了尊敬的戈谢神父，是一个有头脑，而且知识渊博的人。教堂里琐碎纷杂的事情也不再让他管了，他独自一人，整天关在蒸馏室里，与此同时，三十位修士为他满山遍野寻找草药……这间蒸馏室的前身是一座废弃的小教堂，位于议事司铎的花园尽头，如何人都无权进入，甚至院长也不例外。天真幼稚而又心地善良的神父们都把这儿当做一个神秘莫测、令人生畏的地方。偶然有个胆大、好奇的小教士，顺着葡萄藤一直爬到大门的饰花处，刚向里望了一眼，便被吓得摔了下来。他瞧见戈谢神父蓄着和巫师一样的络腮胡子，在火炉前弯着腰，手里拿着酒精比重计，周围摆满了粉红色粗陶蒸馏罐、庞大的蒸馏器、玻璃蛇形管，都是稀奇古怪的东西，在彩色玻璃窗红光的映照下，闪着妖火……

傍晚时分，当最后一次三经钟敲响时，这座神秘之地的大门便悄然打开，尊敬的神父要去做晚祷。真该看看他穿过修道院时众人欢迎他的那种场面！修士们在他所经之处夹道迎接他。人家纷纷说道：

“别出声！……他有秘诀……”

司库紧跟在他后面，低声下气地和他说着话……受到大家的恭维又听着奉承话，神父边走边擦着额头，宽沿三角帽向后仰戴着，就像披着一束光环，十分得意地环视四周，看着那种满橙树的大院子，那装上新风标的蓝色屋顶，那些穿着新装、容光焕发的议事司铎们，他们成双成对地行走在白得耀眼的回廊里，往来于花团锦簇而又典雅的廊柱之间。

“所有这一切都是我的功劳！”尊敬的神父自言自语道，每次脑子里闪过这念头，他便不禁多生出几分傲气。

这个可怜的家伙将为此而遭受惩罚。不信您瞧着……

一天晚上，在做晚祷时，他异常兴奋地来到教堂，满脸通红，喘着粗气，歪戴着风帽，心不在焉，蘸圣水时，将衣袖甩到水里，弄湿了半条衣袖。大家起初以为他这是因迟到而感到紧张所致，但后来见他不向主祭坛施礼，反而却频频向管风琴及廊台施大礼，像一股风似的穿过教堂，在祭坛里转悠了足足五分钟来找自己的祷告席；他在位子上坐好后，又左点一下头，右哈一下腰，面带微笑，露出一副怡然自得的神气，这时，众人才吃惊不已，三个小殿堂里顿时议论纷纷，日课经已念了好几段，可这议论还未停止。

“戈谢神父怎么了？……戈谢神父这是怎么了？”

有两次，院长实在看不过去了，便用权杖敲敲石板地，要大家安静……那边，在祭坛的深处，赞美歌依然在唱着，但应答随唱的人却显得无精打采的。

当圣母经咏诵正酣时，戈谢神父突然仰面翻倒在他的位子上，并高声唱起来：

在巴黎有一位白衣神父

巴达丹，巴达当，达拉班，达拉邦，

大家全都惊愕不已，站起身来，有人喊道：

“把他弄出去……他中邪了！”

议事司铎们在胸前画着十字，院长大人上下挥舞着权杖……但戈谢神父则视而不见，听而不闻，两个身强力壮的修士不得不把他从祭坛的小门里拖出去，他奋力挣扎着，像一个被驱赶的恶魔，嘴里“巴达丹，达拉邦”唱得更欢了。

第二天，天刚亮，这位倒霉的神父便跪在院长的祈祷室里，痛哭流涕地反省自己的罪过：

“是药酒啊，大人，是药酒弄得我神魂颠倒。”他边说边捶打着自己的胸脯。

见他如此懊恼，如此悔恨，善良的院长深受感动。

“好啦，好啦，戈谢神父，别哭了，这一切都会过去的，就像阳光下的露水一样……总之一句话，这事没有您想象得那么严重，只不过那歌有点儿……嗨！嗨！……算了，但愿新来的修士们别听到这歌……现在，您跟我说说这到底是怎么回事……是不是品尝药酒的结果？您大概太笨了点……对，对，我明白，就像发明了火药的施瓦茨[1]修士那样，您成了您那发明的受害者……告诉我，我的好朋友，这个可怕的药酒，您一定要亲自品尝吗？”

“很不幸，大人，是这样的……试管只能告诉我酒劲的强弱和酒精度，但要想知道这酒是否完美，是否醇香，我只能相信我的舌头……”

“噢，是这样……但您再听我说几句……您品尝药酒时，是否觉得这酒很好喝？是否从中得到极大的乐趣呢？……”

“咳！大人，正是如此，”说到这儿，可怜的神父脸一下红起来……“这不，连着两个晚上了，我觉得这酒特别醇厚、芳香！……肯定是魔鬼在耍弄我……我决定从今以后只用试管。那酒液要是不晶莹剔透，口感不细腻，那我们就认倒霉吧……”

“可别这样，”院长怒冲冲地打断他的话，“可千万别让客户不满意……既然现在已经同您讲清了，那您应做的一切就是要控制住自己……好啦，您该怎么做才能把这酒品尝好呢？十五或二十滴总该够了吧？……就二十滴吧……要是到二十滴时魔鬼还来纠缠您，那它也太机灵了……另外，为了避免出差错，从今以后，我特许您不必来教堂做祈祷。您可以在蒸馏室里做晚祷……现在，您就静下心来吧，我的神父，尤其要数好那酒滴。”

唉！可怜的神父枉费了许多精力去数酒滴，魔鬼抓住了

[1] 施瓦茨（1318—1384），德国修士，曾被认为是火药的发明人。

他，再也不撒手了。

这回是蒸馏室在听他那奇特的晚祷!

白天，一切都还很顺利，神父也相当平静，他准备着火炉、蒸馏器，仔细挑选药草，全是普罗旺斯的药草：细长的，灰色的，锯齿形的，等等，都被太阳晒枯了，散发着香气……可到了晚上，当药草全都泡制好，药酒在红铜大盆里变温和时，这个可怜人的苦难便开始了。

"十七……十八……十九……二十！"

酒液一滴一滴地通过芦苇管流入镀金的杯子里。神父将这二十滴酒一饮而尽，但却未尝出什么味道。唯有第二十一滴酒才勾起他还想喝的欲望。啊！这第二十一滴酒呀！……为了避开这诱惑，他跑到实验室的尽头，跪在那儿，让自己沉浸在祷文之中。可那刚刚浸出的酒依然很热，一股沁人心脾的酒香飘出来，在他身边飘荡。他身不由己，又被这香气勾到了酒盆边……酒液呈漂亮的金绿色。神父向前弯下身子，翕动着鼻翼，用芦苇管轻轻地搅动，在这绿宝石色的琼浆玉液里仿佛涌动着闪亮的玉片，他好像从中看到贝贡大婶的双眼，她正面带笑意，喜盈盈地望着他……

"来吧，再来一滴！"

于是，倒霉的神父一滴接一滴地接下去，最终接了满满的一杯，这时他已筋疲力尽了，便倒在一把扶手椅上，全身放松，半闭着眼睛，一小口一小口地品尝着美酒，落入罪恶之渊，同时打着酒嗝，不无内疚地低声自语道：

"啊！我会入地狱的……我会入地狱的……"

然而，最可怕的是，在这药酒的深处，不知靠什么巫术，他竟然又找到了当年贝贡大婶所唱的那些难听的歌：

“三个长舌妇，说要摆酒宴……”

再不就唱：

“安德烈师傅的牧羊女，独自走进树林里。”

总挂在嘴边上的就是那曲出名的

“巴达丹，巴达当。”

第二天，隔壁房间的修士带着几分恶意对他说：

“嘿！嘿！戈谢神父，您昨晚睡觉时，脑袋里是不是有知了呀。”您想想，听了这话，戈谢神父该多么羞愧呀。

于是，他痛哭流涕，绝望不已；用禁食、穿苦衣、鞭苔来惩罚自己，但依然抗不过药酒中的魔鬼，每天晚上的同一时刻，他都会被魔鬼缠身。

与此同时，订单像雪片一样飞进修道院，这真是上帝的恩惠。

订单来自尼姆、艾克斯、阿维尼翁、马赛……日复一日，修道院俨然一家小型酿酒厂。有的修士负责包装，有的修士管贴标签；还有管登记入账的，装车运输的。因而在向上帝祈祷时，他们不时会出现疏漏，钟也会少敲几下，可当地的穷人却没有任何损失，这一点我向您保证……

然而，一个阳光明媚的星期日上午，司库在修士会议上公布年终盘存表，善良的议事司铎们聚精会神地听着，眼睛里闪着光，脸上挂着微笑；这时戈谢神父猛然冲入会场中央，喊道：

“该结束了……我再也不干了……把奶牛还给我。”

“到底怎么了，戈谢神父？”院长问道，其实他已猜到其中的几分原因。

“怎么了？大人……我正为自己准备炼狱，永远受火刑的煎熬，永世挨叉子打……我喝酒，像个无耻之徒那样喝酒……”

“我不是对您说过，要您数酒滴吗？”

“哼，是的，是数酒滴！可现在得用杯子来数了……尊敬的神父们，我受够了。每天晚上要喝三小瓶……你们全都明白不能再这样下去了……现在你们爱找谁造这药酒就找谁造去吧……要是我还管这事，就让圣火把我烧死！”

整个会场里再也没人笑了。

“可是，您这个疯子，您这不是在毁我们吗！”司库一边摇着手里的账本，一边喊着。

“您想让我们下地狱吗？”

这时院长站了起来。

“尊敬的神父们，”院长说着伸出他那只秀气的白手掌，主教戒指在手上闪闪发光，“我们有办法把这一切都安排好！

亲爱的孩子，那魔鬼是晚上出来引诱你，对吧？……”

“是的，院长先生，通常是每天晚上……因此，恕我冒昧，现在我一见天黑下来，就浑身冒汗，就像加比都的驴[1]见到驮鞍那样。”

“那么，好啦，请您放心……从现在起，每天晚上做晚祷时，我们要为您诵读圣奥古斯丁的大赦祈祷词，有我们为您祈祷，不论发生什么事，您都会受到保护……这是罪中赦罪。”

“噢，太好了！谢谢，院长先生！”

这样戈谢神父未提过多的要求，便又回去弄他的蒸馏器，像一只云雀一样轻盈而去。

的确，从这一刻起，晚课经结束时，主祭从不忘说：

“让我们为可怜的戈谢神父祈祷吧，他为了教会的利益而牺牲了他的灵魂……愿上帝与我们同在……”

头戴白色教士帽的教士们跪在大殿里做着祈祷，诵读声在教士们的头顶上嗡嗡地回荡着，就像习习的北风从雪地上吹过一样；与此同时，在修道院的最里头，从蒸馏室映着火光的玻璃窗后面传来戈谢神父那声嘶力竭的歌声：

在巴黎有一位白衣神父，
巴达丹，巴达当，达拉邦，达拉班；
在巴黎有一位白衣神父，
让修女们翩翩起舞

[1] 加比都的驴，普罗旺斯方言的一种比喻。

特兰，特兰，特兰，于小花园，

让……起舞翩跹。

唱到这儿，善良的神父猛然停住，惊恐地说：

“我的天哪！要是堂区教民听见我的歌可就糟了！”

在卡马尔格[1]

一　启程

城堡[2]里人声鼎沸。送信人刚刚送来猎场看护员的口信，他说法语时夹杂着许多普罗旺斯语，告诉大家已有两三批鹭鸟和黑尾鹬飞过去了，还有许多珍贵的候鸟也会出现。

“您可是我们中的一员啊！”我那些可爱的邻居在信中这样写道。今天早晨五点，天刚蒙蒙亮，他们的四轮大马车便载着猎枪、猎狗、食物到山岗下来接我。我们踏上了去阿尔勒的大路，路显得有些干爽，光秃秃的没有生气，在这十二月份的清晨，橄榄树刚刚透出一丝淡淡的绿色，胭脂虫栎树的绿色显得有些不自然，与周围的环境极不协调，更突出了冬季时令。马厩里的牲口已开始动起来了。在天大亮之前醒来的农户将灯点燃，灯光映亮了窗户；在蒙特玛茹修道院的残石碎瓦处，几只睡意颇浓的白尾海鸥在废墟上拍打着翅膀。然而，这一路

[1]　本文最初分别发表于1873年6月24日和7月8日的《公益报》上。——原注

[2]　是指称为阿维尼翁城堡的乡村别墅，一座巨大的路易十四式建筑，位于卡马尔格腹地的一片绿洲里。——原注

上，我们已经碰到好几个老农妇，她们沿着路沟，赶着小毛驴去集市。她们从维尔德堡来，要走六法里，就为在圣特洛菲姆教堂的台阶上坐上一小时，将她们在山上采集的一束束草药卖出去……

现在我们来到阿尔勒城墙边，这城墙低矮，筑有雉堞，就像旧版画上所画的一样，画面上的士兵手持长矛，站在比他们还矮的斜坡上。我们疾驰着穿过这座美丽的小城，它是法国最秀丽的城市之一，楼房上的圆形雕花阳台一直突出到狭窄的小街的中央，宛如阿拉伯式的遮窗格栅；古老的黑房子，屋门矮小；城里有摩尔式的房子，有尖顶的房子，还有低矮的房子，身置其中，又把你带回到短鼻子纪尧姆[1]时代，仿佛时光倒流到撒拉逊[2]的年代。在这大清早，街面上空无一人。唯有罗讷河的码头上熙熙攘攘，热闹非凡；停经卡马尔格的汽船在码头边上已点燃了蒸汽机，准备开船。身穿棕红色粗呢上衣的农庄主们，外出打短工的拉罗盖特地区的姑娘们和我们一起登上了甲板，他们之间谈笑风生，可真热闹。姑娘们那棕色的长斗篷被晨风吹得贴在身上，头上高耸的阿尔勒式的发型将这张脸打扮得娇小、漂亮，露出一副挑逗人的媚态，身子想再拔高一点，将她们的欢声笑语或调皮劲抛得更远……钟声响了，我们的船开了。在罗讷河上顺水而下，船的蒸汽动力，再加上呼呼的北风，船飞速行进，两岸的景致一掠而过。河这边是干旱、多石

---

[1] 短鼻子纪尧姆（755—812），查理大帝统治时期任远征西班牙的统帅。

[2] 撒拉逊，中世纪时，西方人对穆斯林的称呼。

的克罗平原，另一边就是卡马尔格，满目翠绿，青草茂盛；草原和芦苇丛生的沼泽地一直延伸到海边。

汽船不时停在位于左岸或右岸的浮船码头边，在“帝国”或“王国”停下来，这是中世纪阿尔勒王国时代对左右两岸的称谓，如今罗讷河上的老水手们依然这样称呼左右岸。每个浮船码头附近都有一座白色的农庄，一片小树林。男人们带着工具下了船，女人们手里挎着篮子，径直走上登岸的跳板。有在“帝国”下船的，也有在“王国”下船的，汽船上的乘客都逐渐上了岸，到了我们要去的吉罗农舍码头时，船上几乎已没有乘客了。

吉罗农舍是巴尔邦丹领主一家的旧农庄，我们走进农庄等着猎场看护员，他应该到这儿来接我们。在宽敞明亮的厨房里，农庄里所有的男劳力，像农夫、葡萄种植工、牧羊人、小牧童等正围着饭桌慢慢地吃饭，他们个个表情严肃，一声不响，女人们为他们忙前忙后，她们要等男人们吃完饭后才用餐。过了一会儿，看护员来了，还推着一辆带篷的小车。真是个典型的菲里摩尔[1]小说中刻画的人物，是个水陆两栖的打猎好手，为渔场和猎场当看护员，当地人称他为“游荡者”。因为无论在晨雾中还是在暮霭里，人们总能见他藏在芦苇丛中窥伺猎物或一动不动地守在小船里，两眼死盯着放在池塘或渠沟里的捕鱼篓。大概正是干上猎手这一行，他才变得这么沉默，做事这么全神贯注。然而，当他推着装有猎枪和篮子的小车走

[1] 菲里摩尔（1789—1851），美国小说家。

在路上时，却不停地向我们介绍有关打猎的知识，候鸟经过的群数以及它们落脚的地区。聊着聊着，我们便进到这一地区的腹地。

越过片片农田之后，我们已来到卡马尔格的荒野上。在一望无际的大草场上，点缀着沼泽地和道道水渠，水面在盐角草丛中泛着白光。一片片柽柳和一丛丛芦苇形成一座岛屿，仿佛矗立在平静的海面上。整个荒野上没有一棵高大的树，广袤的平原那单调的风貌也因此未受到影响。远处，座座牲畜棚伸展着它们那低矮的棚顶，低得几乎贴在地面上。羊群四散开来，有的卧在盐滩地上的杂草丛中；有的围着身穿棕红色斗篷的牧羊人转来转去；羊群非但未割断这整齐划一的天际线，反而在这广袤无尽的空间和露天的衬托下显得更加渺小。人在这荒野之中仿佛置身于浩瀚的大海上，尽管海中波涛汹涌，但景色却依然十分单调，心头不禁生出一丝孤独感，一丝摸不到边际的荒凉感。肆虐的北风无遮无拦地刮过来，更加深了这种感觉，而这强劲的北风似乎要把这平原吹得更平，将这景致吹得更阔。万物都被这北风吹弯了腰。即使最矮小的灌木丛也挂着被风吹掠过的痕迹，它们的枝干弯曲着向南倒伏，摆出一副总要向南逃遁的姿势……

二　茅屋

用芦苇搭顶，干黄的芦杆架墙的芦苇小屋就是茅屋，是我们打猎碰头的地方。这是一座典型的卡马尔格式的房子，只有一个房间，高大、宽敞，没有窗户，白天靠一个玻璃门采光，晚上关上门后，用整块遮板挡住。高大的墙面用石灰粗粗地刷上一层白，沿墙搭了许多架子，用来放猎枪、猎袋和长筒雨靴。屋里面，一根名副其实的桅杆栽在地上，一直伸向屋顶，为茅屋做支撑，围着这根桅杆架起了五六张吊床。夜里，当北风呼啸，整个茅屋到处噼啪作响时，海风将远处大海的波涛声送到我耳边，而且一阵紧似一阵，大家觉得似乎睡在一艘船的船舱里。

但是到了下午，这茅屋变得尤为迷人。在南方冬季晴朗的日子里，我倒愿意独自一人守在壁炉旁，炉子里烧上几块柽柳根，在阵阵北风或西北风的肆虐下，门在颤动，芦苇在呼啸，所有这些震颤不过是我周围大自然那天摇地动之势的回响。冬日的阳光被强风吹打得七零八落，四散开来，阳光聚合到一起后，又洒向大地。片片云朵在碧蓝的天空下疾驰而去。阳光时隐时现，各种嘈杂声也时起时落。突然从远处传来羊群的铃铛声，接着便在风中无声无息地消失了，后来又从震颤的门缝处传来那动听的叮当声……最美妙的时刻还是黄昏时分，猎人们尚未返回。这时风停了。我来到茅屋外。那火红的夕阳悄然西下，也带走了最后的一丝热气。夜幕降临了，黑夜用它那漆黑潮湿的翅膀从你身边掠过。远方，猎枪贴着地面射出的子弹之光，带着火星划破夜空，在周围黑暗环境的衬托下显得分外明亮。在这日色将尽的时刻，各种生灵都在忙碌着。一对排成人字形的野鸭飞得很低，似乎想落地栖息，突然茅屋燃起了灯，把它们惊走了。领头鸭挺直脖颈，向高处飞去，其余的野鸭紧随其后，一边嘎嘎地叫着，一边飞向高空。

此后不久，一阵轰隆隆的脚步声渐渐靠近茅屋，听起来像哗哗的落雨声。数千只绵羊在牧羊人的呼唤下，在喘着粗气、忙乱奔跑的牧羊犬的驱赶下，拥挤着向羊圈涌去，露出既害怕又桀骜不驯的样子。我周围涌满了绵羊，它们在我身边冲来撞去，我完全湮没在这卷曲的羊毛和咩咩的叫声所形成的旋涡之中：这真是一个由羊群所构成的浪潮，牧羊人及他们的身影都被这蹦蹦跳跳的浪峰拥向前方……羊群过后，便传来熟悉的脚步声，传来欢悦的谈笑声：茅屋里一下拥满了人，变得异常热闹，到处是欢声笑语。野草蔓枝燃着灼热的火焰。大家越劳累，笑得就越欢畅。这是舒心的劳作之后一种精神上的放松，猎枪堆在屋角里，长筒靴胡乱地摆在地上，猎袋已被倒空，旁边堆着各种羽色的飞禽，有棕红色的，金黄色的，绿色的，银白色的，羽毛上都沾着斑斑血迹。饭桌已摆好了，鳝鱼汤冒着香喷喷的热气，这时，大家便沉默不语了，只顾狼吞虎咽地吃饭，唯有猎狗发出的低沉而凶恶的吠声不时打破沉闷的气氛，那些猎狗在门前摸索着舔食盘中食物……

晚上闲聊的时间非常短暂。壁炉中的柴火忽闪忽闪地快灭了，只有我和看护员还守在火边。我们闲聊着，其实就是不时向对方甩出只言片语，像乡下人那样，所用的词句几乎和印第安人的相似，既简短又很快没了下文，就像那燃尽的蔓枝中最后的火星似的。最后，看护员也站起身来，点燃了灯笼，他那沉重的脚步声消失在浓浓的黑夜之中……

三　盼望（伺守）

盼望！用这个词来表达将自己埋伏起来的猎手在窥伺、在守候时的心情真是太妙了，在那犹豫不决的时刻，一切都在日夜之间等待着，盼望着，踌躇着。猎手们有在日出之前窥伺猎物的，也有在日暮时分伺守猎物的。我更喜欢这后一种时刻，尤其是在沼泽地里，池塘的水面到很晚都会有光亮……

有时，猎人伏在小划艇上伺守猎物，这是一种极小的船，没有龙骨，船身狭窄，轻轻一动，船就向前滑行。猎人躲藏在芦苇丛中，从小船深处窥伺着野鸭，露出船舷的只有帽檐、枪筒和猎狗的脑袋，猎狗嗅着风，扑打着蚊虫，或伸出粗大的爪子，将船压得向一侧倾斜，结果，将船灌满了水。这种方式的伺守对我这个新手而言真是太复杂了。

因此，我常常步行去伺守猎物，脚上穿着用整块皮子做的长筒靴在沼泽地里蹚着水；我慢慢地、小心翼翼地走着，生怕陷入泥潭之中。我拨开充满咸味的芦苇，惊得芦苇丛中的青蛙纷纷逃走了……

最终，我来到一座长满柽柳的小岛，这是一小片干地，我落下脚来。看护员为了让我更像个名副其实的猎人，特意把猎狗留给我，这是一条比利牛斯产的大狗，身披白色的长毛，是打猎、捕鱼的好帮手，可它在我身边那副样子，还真让我有点害怕。当一只黑水鸡步入我的射程之内时，它拿出一副嘲讽的样子看着我，像艺术家那样向后甩了甩头，将遮住双眼的松软的大耳朵甩在脑后，接着猛然立起来，晃动着尾巴，做出一系列耐不住性子的滑稽的举动，似乎在对我说：

“开枪……开枪呀！”

我开了一枪，但却没打中。于是，它伸展全身，深深地打着哈欠，带着疲倦、失望和傲慢的神态伸着懒腰……

哎！是的，我也有同感，我真不是个好猎手。伺守对我而言就是看着时光在流逝；看着光线在减弱，直到落入水中；看着池塘在闪烁，将灰暗的天空映成银白色。我喜欢这水泊的气味，喜欢芦苇丛中昆虫那神奇的窸窣响声。从远处不时传来凄厉的叫声，像海螺号声直刺夜空。原来是苍鹭将它那捕鱼用的尖嘴探入水中，然后呼呼地吹着气……呼噜噜！鹤群从我头顶上飞过。我听到了羽毛的摩擦声，听见了寒风吹拂羽绒的声音，甚至听到疲劳的小羽骨的噼啪声。随后，便一点声音也没有了。只有黑夜，深沉的黑夜，唯有水面上还有一丝光……

突然，我打了个寒战，一种烦躁不安的感觉涌上心头，仿佛有人站在我身后。我转过身，看到了月亮，看到了这位美好夜色的伴侣，一轮皓月正冉冉升起；最初能明显看出月亮在上升，随着它渐渐远离天际，上升的速度便显得慢了下来。

第一缕月光已清晰地照在我身边，另一缕明亮的月光照在稍远的地方……现在，整个沼泽地都被月光照亮了。即使一束小草也被照出影子来。伺守只得结束了，我们在各种禽鸟的眼底下暴露无遗，必须得回去了。大家在轻柔的蓝色月光以及飞舞的尘埃的陪伴下往回走。我们迈进沟渠及水洼中的每一步都搅动了繁星投在水中的倒影，搅动了直射水底的月光。

四　红党和白党[1]

就在我们附近，距我们的茅屋只有猎枪射程之遥的地方，还有一间外观相似的茅屋，但更具乡土气息。我们的猎场看护员和他妻子及两个大孩子就住在那儿。大女儿为男人们做饭，补渔网；儿子则帮助父亲收鱼篓，看管水塘闸门。另外两个年幼的孩子放在阿尔勒的奶奶家，他们在那儿要一直住到学会读书，还要领过初圣体，因为这儿离学校和教堂都很远，况且卡马尔格的气候对小孩也不适宜。当夏季来临时，沼泽地一旦干涸，水洼里的白淤泥就会被烈日烤得龟裂开来，这时，小岛就真的无法居住了。

在八月份，我来这里打野鸭时，曾亲眼目睹过一次这种景象，那种举目一片焦枯的凄凉景象惨不忍睹，使我永生难以忘怀。一处又一处的池塘在烈日炎炎下热气蒸腾，宛如巨大的酿酒槽，只有池底还有一丝生命仍在垂死挣扎，一群群蜥蜴、蜘蛛、水蝇乱蹿乱动，拼命寻找潮湿的地方。空中弥漫着病疫的浊气，似浓雾一样在沼泽地里飘来荡去，数不清的团团飞舞的蚊虫使这浊气显得更滞重。在看护员家里，全家人都在打摆子，发高烧；看着他们个个面黄肌瘦，眼圈发黑，眼窝深陷的样子真让人难过；这些可怜的人像苦劳役一样要在

[1]　红党，指法国共和党；白党，指法国保皇党。

这无情的烈日下熬上三个月，烈日炙热了发烧病人的肌肤，但他们依然感到很冷……卡马尔格猎场看护员的生活是多么凄惨，多么艰辛啊！况且，他身边还有妻子和孩子呢。但在离这儿两法里的沼泽地里，住着一位牧马人，他一年到头独自一人身居沼泽，过着地地道道的鲁滨孙式的生活。芦苇茅屋是他亲手盖起来的，屋里的所有家什都是他自己动手制作或搭建的：柳条编的吊床，用三块黑石头搭的炉灶，柽柳根削成的凳子，就连这间不同寻常的小屋所用的锁和白木钥匙都是他自己做的。

此人至少和他那茅屋一样古怪。像所有离群索居者一样，他是那种沉默寡言的哲人式的人物，在纷乱浓密的眉毛下隐藏着农民常有的戒心。他不去放牧时，便坐在自家门口，拿着一本小册子，慢悠悠地读着，那种幼稚的认真劲儿真让人感动，那几本小册子用粉色、蓝色和黄色装帧，放在给马治病的药瓶旁。读书成了这个可怜的怪人的最大乐趣，除此之外，他没有别的爱好，而且他手里就只有这么几本书。尽管他的住所与我们的茅屋相距不远，但他和我们这位猎场看护员不相往来，甚至互相躲着走。一天我问这位“游荡者”为何反感对方，他板着脸对我说：

“那是因为我们政见不同，他是红党，而我呢，是白党。”

这样，在这茫茫荒野之中，孤独的生活本应把他们聚拢在一起，但这两个野蛮人既无知又幼稚，谁也比对方强不了多少。这两位如同泰奥克里特[1]刻画的放牛郎，一年之内也就进一次城，进了阿尔勒的小咖啡馆，吃了点心和冰激凌就如同进了托勒密[2]宫似的，竟然会因政见不同而相互憎恨起来！

五　瓦卡莱斯湖

卡马尔格最美的地方当属瓦卡莱斯湖。我常常放弃打猎，来到这咸水湖边席地而坐，这湖水似乎是从大海里分出来的小海，被囚禁在这陆地之内，然而它早已对遭囚禁的意境习以为常了。通常沿海一带因缺水、干旱，景色显得异常凄凉，但瓦卡莱斯湖却是另一番景致，在那略高的湖岸上长着细嫩的绿草，像绒绒的绿毯一样，呈现出一个独特而又迷人的植物世界：有矢车菊、睡菜、龙胆草，还有美丽的冬蓝、夏红的匙叶草，它随着气候的变化而变换颜色，一年四季各种花草争妍斗艳，用它们的不同色调装扮着每一季节。

晚上五点左右，正是夕阳西下的时刻，在这三法里宽阔的湖面上没有一条船，没有一张帆来截断或改变这水天一片的景致，真是令人叹为观止。这里与沼泽地里水洼和沟渠那内在的美截然不同；在沼泽地里，水洼在石灰岩土地的褶皱之间时隐时现，水在地下向各处渗透，即使碰到很浅的洼地，水也会露出来。但瓦卡莱斯湖却给人以浩瀚辽阔的印象。

从远处望去，这波光粼粼的湖面吸引了成群的水鸟：有海

---

[1]　泰奥克里特（前315—前250），希腊诗人。

[2]　托勒密，公元前323—前30年间统治埃及的15位马其顿王的统称，在此期间，许多著名的庙宇得以扩大。

番鸭、鹭鸟、苍鹭；有白腹粉翅的红鹳，它们成群结队沿着湖边捕食，用五颜六色的羽毛将湖岸装点成一条彩带；有白鹮，真正的埃及白鹮，悠闲地享受着这里明媚的阳光和幽静的湖光水色，宛如在自己的故乡一样自在。其实在我所处的地方，只能听到汩汩的水声和牧人召唤跑到湖边的群马的喊声。每匹马都有一个响亮的名字："西菲尔！"……"艾斯特罗！"……"艾斯杜尔奈罗！[1]"……每一匹马听到自己的名字时，便飞奔过来，头上的鬃毛迎风飘着，将牧马人手中的燕麦吞下肚去。

在更远的地方，依然是在这同一岸边，一大群牛像马那样自由自在地吃着草。越过一丛柽柳的树冠，我不时能看见那群牛的脊背和头上扬起的月牙形的牛角。在卡马尔格牧养的这些牛大部分是乡村在庆祝火印节时用来赛跑的。其中几头牛已在普罗旺斯和朗格多克地区的赛场上颇有名气。在附近的牛群里就有一头凶猛的"斗士"，名叫"古罗马人"，它在阿尔勒、尼姆、达拉斯贡等地的赛场上不知挑破了多少人的肚皮，撞倒了多少匹骏马。因此它的伙伴们拥它为首领，这些奇特的种群都在自我管理，它们如众星捧月般地围着一头老公牛转，视它为头牛。当飓风袭击卡马尔格时，那风势在这大草原上肆虐横行，极为恐怖，没有任何力量能扭转它、阻止它，只见牛群紧紧地挤在一起，拥在头牛身后，顶着风，低着头，将它们的力量凝聚起来，形成宽大的锋面。我们普罗旺斯的牧羊人将牛

[1] 这几个称呼均为普罗旺斯语，西菲尔意为魔王，艾斯特罗意为星星，艾斯杜尔奈罗意为椋鸟。

群的这一举动称为“牛角顶狂风”。尚未适应这环境的牛可就惨了！雨水打得它们睁不开双眼，暴风把它们吹来吹去，溃乱的牛群在原地打转转，惊恐不安地四处逃窜；有些牛已发起疯来，为躲避暴风雨，拼命向前狂奔，结果有的栽进了罗讷河，有的跌入瓦卡莱斯湖，有的则葬身于大海。

怀念军营[1]

今天早晨，当晨光熹微时，一阵可怕的鼓声将我猛然惊醒……咚隆隆！咚隆隆！……

这么早就有人在我的松树林里敲鼓！这可真是奇怪。

快！快！我一翻身跳下床，跑去将门打开。

外面一个人也没有！鼓声也停了……两三只杓鹬拍打着翅膀，从湿漉漉的野葡萄丛中飞出来……微风在树林里低声吟唱……在东方，阿尔比伊山的山脊笼罩在一片金色的晨雾之中，一轮红日正从那山脊处冉冉升起……第一缕阳光已掠过磨坊的屋顶。与此同时，这只不见鼓手的鼓又在田野里神秘地响起来……咚隆隆！……咚隆隆！

这魔鬼是不是驴皮公主呀！我还真把她给忘了，可这究竟是哪方山野之士，一大清早就在密林深处以鼓声来迎接黎明呢？我左瞧瞧，右看看，可什么也看不见，只看见那一簇簇薰衣草和一直向下延伸到路边的松树林……也许有个调皮的小精灵藏在那茂密的丛林里在耍弄我……大概是爱丽儿，或者是迫

[1] 本文最初发表于1866年9月7日的《事件报上》。——原注

克师傅[1]，这个调皮鬼从我门前经过时准会寻思着：

“这个巴黎人住在这里边也太清静了，咱们给他奏一段晨曲吧！”

想到这儿，他抄起一面大鼓，就咚咚地敲起来。咚隆隆！……咚隆隆！……快住手吧，迫克，你这个坏蛋，你把我的知了都吵醒了。

可这不是迫克。

他是古盖·弗朗索瓦，绰号叫“手枪”，是三十一军团的鼓手，现在正休年假。他回到故乡感到无所事事，很烦闷，于是便又怀念起部队来。有人愿意把镇上的鼓借给他，他便挎上战鼓，闷闷不乐地到树林里去敲，心里却依然想着在欧仁亲王营房里的生活。

今天，他到我这翠绿的小山岗上来怀念他的军营生活……他站在那儿，背靠着一棵青松，用双腿夹着鼓，尽情地敲着，自我陶醉了……一群受惊吓的小山鹑从他脚下猛地飞走了，他竟全然不知。他身边的百里香草散发出浓郁的芳香，可他却丝毫未闻到。

那细细的蜘蛛网在阳光下，在树枝间颤动，他没看见；松枝在他的鼓上跳跃，他也没看见。他完全沉浸在梦想和鼓乐声中；他动情地看着手中的鼓槌上下挥舞，每一阵鼓声都会让他那稚气十足的胖脸上露出欢悦的笑容。

[1] 爱丽儿，莎士比亚《暴风雨》中缥缈的精灵；迫克，日耳曼传说中的鬼精灵，莎士比亚将其写入《仲夏夜之梦》中。

咚隆隆！咚隆隆！……

“那座大军营可真漂亮，院子里铺着宽大的石板，一排排的窗户整齐有序，士兵们头戴警帽，低矮的拱廊下会传来噼啪的饭盒声！……”

咚隆隆！咚隆隆！

“啊！那在脚下咚咚作响的楼梯，用石灰刷白的走廊；那香馥的寝室，擦得锃亮的腰带，还有面包板，鞋油罐，铺着灰色被褥的铁床，在枪架上闪闪发亮的步枪！”

咚隆隆！咚隆隆！……

“啊！在警卫队的那些好日子真让人留恋，扑克牌不离手，那戴着羽毛饰的黑桃皇后可真丑，那残缺不全而又破旧的皮戈·勒布伦[1]的书胡乱地丢在军床上！……”

咚隆隆！咚隆隆！……

“噢！为部长们站岗的那黑夜可真漫长，那破岗亭连雨都挡不住，那双脚冻得真是冰凉呀！一辆辆奔赴盛会的马车从你身边经过时，将泥浆溅在你身上！哎！还有那额外的杂役，被关禁闭的日子，臭烘烘的小马桶，木板做的枕头；阴雨绵绵的早晨那冷酷的起床号，汽灯点燃时在雾霭中回荡着的归营号，还有让你跑得气喘吁吁的晚间集合号！”

咚隆隆！咚隆隆！……

“啊！樊尚森林，粗大的白棉手套，漫步于旧城墙上的时光……啊！军校的栅栏门，士兵们心中的姑娘，进战神沙

[1] 皮戈·勒布伦（1753—1835），法国作家。

龙的门路，低级咖啡馆里的苦艾酒，打嗝时吐露的隐情，拔出鞘的短马刀，还有那情意绵绵的浪漫曲，唱的时候将手放在胸口上！……”

梦吧，梦吧，可怜的家伙！我是不会阻拦你的……大胆地抡起胳膊去敲吧。我可无权嘲笑你。

你怀念你的军营，那么我呢，难道我就不怀念我的军营吗？

同你一样，我那巴黎的倩影一直追随我到这里。你在松林里咚咚敲鼓，而我呢，却要在这里写出一篇篇稿子……啊！我们都是善良的普罗旺斯人。在巴黎的军营里，我们思念那青翠的阿尔比伊山，怀念那薰衣草的野香；而现在，在这普罗旺斯的腹地，我们却又怀念起营房来，一切能让我们回忆起军旅生活的东西都显得那么亲切！……

八点整的报时钟从村子里传过来，他踏上了返村之路，但手里却依然不停地敲着……他穿过树林，向山下走去，可那鼓却依然咚咚地响着……而我呢，这时躺在草丛之中，也害起了思乡病，觉得在这渐渐远去的鼓声中，我那巴黎仿佛正从松树林里跃出，展现在我眼前……

啊！巴黎……巴黎！……挥之不去的巴黎！